NA LINHA DO HORIZONTE ESTÁ ESCRITO UM UNIVERSO

Lucianno Di Mendonça

Na linha do horizonte está escrito um universo

São Paulo, 2024

Na linha do horizonte está escrito um universo
Copyright © 2024 by Lucianno Di Mendonça.
Copyright © 2024 by Novo Século Editora Ltda.

Editor: Luiz Vasconcelos
Gerente Editorial: Letícia Teófilo
Coordenação editorial: Driciele Souza
Preparação: Luciene Ribeiro
Revisão: Ana Paula Rezende
Diagramação: Marília Garcia
Capa: Rayssa Sanches

Texto de acordo com as normas do Novo Acordo Ortográfico da Língua Portuguesa (1990), em vigor desde 1º de janeiro de 2009.

Dados Internacionais de Catalogação na Publicação (CIP)
Angélica Ilacqua CRB-8/7057

Mendonça, Lucianno Di
Na linha do horizonte está escrito um universo / Lucianno Di Mendonça. -- Barueri, SP: Novo Século Editora, 2024.
208 p.

ISBN 978-65-5561-875-4

1. Contos brasileiros I. Título

24-1403   CDD-B869.3

Índice para catálogo sistemático:
1. Contos brasileiros

GRUPO NOVO SÉCULO
Alameda Araguaia, 2190 – Bloco A – 11º andar – Conjunto 1111
CEP 06455-000 – Alphaville Industrial, Barueri – SP – Brasil
Tel.: (11) 3699-7107 | E-mail: atendimento@gruponovoseculo.com.br
www.gruponovoseculo.com.br

Antes de exumar esta carta, eu tinha me perguntado de que modo um livro pode ser infinito. Não conjecturei nenhum outro procedimento a não ser o de um volume cíclico, circular. Um volume cuja última página fosse idêntica à primeira, com possibilidade de continuar indefinidamente.
(Jorge Luis Borges, *Ficções*)

SUMÁRIO

Capítulo 1 – Na linha do horizonte está escrito um universo 9

Capítulo 2 – Lance minhas cinzas ao vento na Catedral de Notre-Dame. 21

Capítulo 3 – O carteiro entre dois endereços 33

Capítulo 4 – Sopro 35

Capítulo 5 – O beija-flor-preto-asas-de-faca 43

Capítulo 6 – Dévora despedaçada 49

Capítulo 7 – Taberna dos poetas sem tempo 65

Capítulo 8 – Festa Literária Interplanetária dos Corcundas 87

Capítulo 9 – A morte da última contadora de histórias 103

Capítulo 10 – O jardineiro cego 113

Capítulo 11 – Destinatário: remetente 117

Capítulo 12 – Pequenos navegadores 125

Capítulo 13 – A lenda do Mar Morto 145

Capítulo 14 – O lado fantástico da lua 159

1 159

2 163

3 172

4 179

5 188

6 192

7 194

Referências bibliográficas 199

NA LINHA DO HORIZONTE ESTÁ ESCRITO UM UNIVERSO

No mar estava escrita uma cidade.
Ele chegará, ele viaja o mundo.
E ganhará enfim todos os portos,
Entrará nas casas, abolirá os mortos.
(Carlos Drummond de Andrade, *Mas viveremos*)

— Jovem, o que você está lendo? — ressoou uma voz que não identifiquei de onde vinha, enquanto eu caminhava pelo calçadão, assim que o sol se espreguiçava.

— Jovem, aqui, aqui! O que você está lendo?

Não havia ninguém, quero dizer, algumas pessoas corriam, mas iam a vários metros de distância e concentradas em suas atividades físicas. Um pouco à frente havia uma família de pessoas em situação de rua que dormia entre o calçadão e a areia.

– Ei? Não está me vendo? Como pode ler e não enxergar?

Olhei para uma estátua no banco, ela cruzou as pernas batendo três vezes a mão esquerda no banco.

– Bom dia! Desculpe, não reparei o senhor aí, ando meio desligado.

– Se é um bom dia, não sei; mas se é o único que temos para viver hoje, por que não conversar e viajar um pouco? – disse a voz metálica na boca de bronze.

– Pode falar! – O velhinho de bronze inspirava paz e tormento, e eu quis entender como alguém que não gosta de conversar puxa conversa com um estranho.

– Falar o quê? Tudo que tenho para dizer está em minhas obras, só quero saber o que você está lendo.

– O senhor não dormiu bem ou é ranzinza mesmo?

– Não sou ranzinza, apenas tímido com estranhos.

– Então por que me chamou?

– Vou repetir: que-ro-sa-ber-o-que-vo-cê-es-tá-len-do!

– Estou só observando o mar enquanto eu caminho.

– Como os mortais são rasos em seus olhares, ainda sairei, tirarei férias daqui.

Justamente porque está observando, pergunto o que está lendo. *Se procurar bem, você acaba encontrando. Não a explicação (duvidosa) da vida, mas a poesia (inexplicável) da vida.*[1] E pare de me chamar de senhor.

---

[1] Nota do editor: As frases ou versos em itálico, ao longo da obra, constituem referências bibliográficas. Todas estão devidamente referenciadas no fim do livro.

– Ok, mas do que vou te chamar?

– Velho Dru! As crianças que brincam de bola aqui todas as tardes me chamam assim. De vez em quando até jogo com elas.

– E qual sua posição?

– Meu papel no time é apenas dar caneta.

– Hmm... legal! – Na verdade, achei aquele nome estranho... ou seria um apelido? – Imagino que sua voz metálica irrita quem te ouve.

– Não, jovem, normalmente não falo. Os que ouvem minha voz leram meus livros. Quando se sentam nesse banco, falam, recitam meus poemas, alguns ficam parados me olhando, depois disparam a contar suas vidas. Outros vêm de longe e, ao chegarem, apenas choram.

Curioso que, à medida que ouvia o Velho Dru, sua voz ficava cada vez mais agradável. A essa altura o sol já aquecia minha pele, então tirei a camiseta e apoiei um pé sobre o banco enquanto esticava o olhar para o horizonte. Coloquei a camiseta sobre a cabeça do Velho Dru, pois não entendia como ele aguentava ficar de calça, camisa e sapato naquele calorão, e ainda deixava a cabeça descoberta.

– Deixa eu tapar sua careca, você vai gostar.

– Claro, fique à vontade, mas não cubra os olhos, é por meio deles que vejo a reluzente sombra projetada pelo sorriso do ser humano.

– Onde você dorme? Toma banho de mar?

– Durmo um pouco debaixo desse banco, acordo de madrugada e visto uma tanga para me divertir um pouco nas águas. Uma vez atravessei as Ilhas Cagarras, fui até onde os navios transitam. Gosto de trocar ideias com o mar; contudo, o único momento em que ele se cala é quando faço perguntas. Muitas vezes fico olhando a lua cheia nascer na linha branco-azulada do horizonte que costura os retalhos fluídos do céu com os panos densos do oceano. Será que se eu nadar até essa linha, consigo ir à lua?

– Mas o senhor já não vive no mundo da lua?

– Nem sempre, gostaria de ficar mais tempo lá. Um dia tomo coragem e vou viver nos arredores do Mar Morto, mergulhar pelos sete mares, e também darei umas escapadas até o Mar da Tranquilidade na lua, você vai ver!

– Se o senhor for embora daqui, as pessoas vão sentir sua falta.

– Que sintam! Prefiro os que me ignoram aos que puxam meu saco; me identifico mais com as mãos daqueles que passam folheando as páginas das ondas do mar do que com os dedos nervosos dos que explodem flashes em meus olhos. Acho de um realismo mágico fino quando vejo um ser humano em silêncio.

– Entendo, seria uma viagem bacana.

– Mal você sabe que iremos juntos.

– Juntos?! Até que córrego já atravessei nadando. Inclusive, a gente brincava de quem conseguia pegar pedrinhas no fundo dos lagos, mas atravessar um oceano?

– Você quer se tornar leitor ou não?

– Sim, mas o que isso tem a ver com atravessar o mundo a nado?

– O mundo não te submerge?

– Hã?!

– Vamos! Em algum tempo riremos disso tudo como velhos marujos relembrando histórias.

– Tenho medo do mar, você não?

– Você sabe ler?

– Essa pergunta de novo?

– Sabe ou não?

– Claro que sei! – Na verdade, estava me convencendo de que eu nunca tinha sido um leitor. Há alguns minutos, eu achava que sabia ler. Mas no nível de profundidade que o Velho Dru estava dizendo, não.

– Se quiser ir aos lugares mais fundos, saia da margem e mergulhe. Para a maioria, o mar é como uma pessoa que de longe parece brava, mas, se nos aproximamos dele, não é tão ruim.

– Como assim? – perguntei. No fundo no fundo, eu havia entendido, porém estava difícil emergir daquela maré repentina de realidade fantástica.

– Uma leitura profunda é como uma pessoa que você julga estranha, contudo, mergulhe nela, e fará descobertas e irá a lugares que poucos foram. Você pode se surpreender.

– Agora também quero saber o que você está lendo.

– Estou relendo uma carta que escrevi ao Mário de Andrade. Ele disse que *meu poema "Momento Feliz" é* a pior coisa deste mundo, por isso, estou dizendo que ele era *tão de tal modo tão extraordinário, que cabia numa só carta.*

— Não fique bravo, guarde as boas memórias que tiveram juntos.

— Memórias... gosto dessa palavra. Pensando bem, você tem razão, o problema é que, desde que me colocaram nesse banco, roubaram meus óculos várias vezes.

— Você não liga pra polícia?

— Ligo. Uso aquele orelhão da TELERJ ali do outro lado da rua, mas, quando falo quem sou, acham que é trote. Outro dia o policial disse que, se eu era a estátua do Drummond, ele era o boneco de cera do Dom Pedro II. Alguns acreditam e vêm. Ao chegarem, ficam tirando retrato comigo. Incomodavam menos quando era apenas autógrafo; agora é foto, foto, foto, isso quando não pedem para fazer um vídeo. *Como a cara que Deus me deu não é das mais simpáticas, e costuma ficar ainda pior quando fotografada, costumo fugir das objetivas como o diabo foge da cruz.*

— Entendo. Com certeza é um pé-no-saco-de-metal!

— Pelo menos não tenho que responder perguntas como: dos livros que o senhor escreveu, qual o seu preferido? Qual o papel do escritor? Quanto dinheiro você ganhou? O senhor é um homem realizado? Qual conselho o senhor daria aos novos escritores?

— Sim, sim. Mas, mudando de assunto, do que você é feito?

— Vazios.

— Não! Quero saber de que material.

— Bronze. Mas não como Itabira, cidade onde nasci. *Por isso sou triste, orgulhoso: de ferro. Noventa por cento de ferro nas calçadas. Oitenta por cento de ferro nas almas.*

— Velho Dru, qual seu nome de registro?

— *Da lei meu nome é tumulto, e escreve-se na pedra.*

— Não. Digo... quando você era gente.

— Não sou somente gente, sou muitas gentes. E outra, não sou quem represento, fui concebido como estátua, apenas.

— Então, quero saber o nome do poeta que você representa.

— Carlos.

— De quê?

— Drummond de Andrade.

— Só isso? Achei que esse era apenas um nome artístico.

— Depois que me tornei estátua, meu nome é Velho Dru, somente. As pessoas nos confundem, mas eu sou uma pessoa; Carlos Drummond de Andrade, outra. Acho ele pequeno também, na verdade, não cabe nem no mundo.

— Li um livro dele no Ensino Médio. Quero ler outro, qual você indica?

— Indico *O mar*.

— É um dos livros dele?

— Não. Somos escritos pelo mar.

— Onde encontro?

– Atrás de você, nessa estante da biblioteca universal.

– Certa vez, meu professor disse que escritores têm a sensibilidade de transformar coisas corriqueiras em grandes e belas.

– Clichê a essa altura? Os leitores também são assim, jovem.

– Mas uns não são mais do que outros?

– É só mergulhar mais fundo e sem cilindro de oxigênio – anunciou o Velho Dru, arqueando a cabeça e o tronco para trás, sustentando o corpo sobre os braços apoiados na pedra do banco.

– Você não se sente só?

– Você não pode imaginar o quanto esse banco é movimentado. Já perdi as contas de quantas confissões ouvi, se eu tivesse cabelos ficariam de pé. Isso quando um casal não se senta para namorar e sequer nota minha presença, prefiro assim. Outro dia, um bêbado recitou o Canto III do Inferno d'*A Divina Comédia*; no fim, enterrou o toco de cigarro na areia, deu um tapa nas minhas costas, me xingou e foi embora. Uma vez se sentou ao meu lado um goiano que mora no Rio há trinta anos; ele cantou e balançou o corpo arrastando os pés no ritmo da música:

> *Que saudade imensa do campo e do mato*
> *Do manso regato que corta as campinas*
> *Eu vivo hoje em dia sem ter alegria*
> *O mundo judia, mas também ensina...*

– Deve ser divertido, mas você não fala NADA?

– Eles não querem ouvir. *Hoje quedamos sós. Em toda parte, somos muitos e sós. Eu, como os outros. Já não sei vossos nomes nem vos olho na boca, onde a palavra se calou.*

– Eles vão embora e nunca mais voltam?

– *Pois de tudo fica um pouco. Fica um pouco de teu queixo no queixo de tua filha. De teu áspero silêncio um pouco ficou.*

– Até quando vai morar aqui?

– Até breve – declarou o Velho Dru ao tirar os óculos, esfregando os dedos nos olhos.

– Apesar de ser um poeta do Modernismo, os jovens pós-modernos não conhecem muito o senhor, né?

– Será? Mas tudo bem, *como ficou chato ser moderno, agora serei eterno.*

– *E agora, José?*

– Meu nome não é *José*, é Carlos! Outra coisa, me chame de Velho Dru, você não presta atenção mesmo, né!? – respondeu atirando o caderno e a caneta no banco.

– Agora quem te pegou foi eu.

– Ah, por um momento esqueci do meu poema *José* – disse o poeta ao dar uma risada e bater no meu ombro.

– Ei, devagar com essa mão de bronze aí. Mudando de assunto, você tem Face?

– Sim, sete.

– Hã?

– *Sete faces*, ora!

– Não! Quero saber se você tem perfil em rede social.

– O que é rede social?

– Esquece! *A festa acabou, a luz apagou*, preciso voltar para minha cidade, estou de passagem.

– E quem não está?

– Hã?

– Esquece!

– Esquecer o quê?

– Esqueci.

– Pretendo retornar aqui o ano que vem pra colocarmos o papo em dia.

– Não estaremos aqui.

– Você vai viajar mesmo?

– Vamos! Afinal, as histórias sempre atravessaram meu corpo como uma maré engolindo a praia, que depois a deixa virada, porém, daqui em diante, eu serei a maré e irei pessoalmente invadir as histórias das pessoas. E lembre-se: *no mar estava escrita uma cidade.*

– Farei isso, mas, no meu caso, no mato estava escrito uma cidade, e *no campo ela crescia, na lagoa, no pátio negro, em tudo onde pisasse alguém, se desenhava tua imagem.*

– O importante é que as palavras estão em todos as pedras, mares, sangues, cantos e olhares.

– Quando cheguei aqui, estava triste, mas agora vejo as coisas de uma forma diferente.

– Não se iluda, *cerradas as portas, a luta prossegue nas ruas do sono.*

– Posso subir em seus ombros para ler melhor a profundidade do mar?

– Claro, não fazem outra coisa comigo desde que estou aqui.

– Nunca me esquecerei esse dia.

– Esquecimento? Memória?...

– Agora entendo um pouco essas duas palavras – respondi e me aproximei do Velho Dru. Ao abraçá-lo, senti seu coração batendo. Lágrimas escorreram pelo bronze talhado quente e por minha pele avermelhada de sol. Beijei sua testa.

– Ande no meio do caminho, mas, se quiser ver pedras maiores, mergulhe fundo nos oceanos e vá para a lua.

– Pode deixar!

A alguns passos de distância, olhando o horizonte, o Velho Dru gritou:

– Jovem? O que você está lendo?!

Paro. A palavra cala. Retomo minha voz.

– Estou lendo como a poesia eterniza as palavras, e as palavras, os homens.

Antes de virar a esquina, dei a última olhada, o Velho Dru estava de pé diante do mar. Ele pôs novamente as lentes, a mão esquerda aconchou sobre os olhos, ele movia os lábios rapidamente, correndo o dedo indicador sobre a crista das ondas na linha do horizonte. Uma onda veio e morreu em seus pés reluzentes. Ele agachou, pegou um punhado de areia, esfregou-a entre os dedos, o sol, detrás duma nuvem, espiou o poeta. Outras nuvens se aproximaram e escureceram-se rapidamente.

    O Velho Dru se levantou, foi até o banco e sentou-se virado para o mar. Recolocou o caderno no colo e cruzou os braços sobre as pernas, olhou para o horizonte e viu a lua cheia nascendo, tão grande que o oceano se tornou uma corredeira escorrendo dos cantos da lua. Pingos caíram. Ouvi buzinas. Vi a fumaça dos veículos se misturando à maresia, caminhantes passavam descuidados do poeta e das linhas do horizonte. Mas algo fora do eixo aconteceu; tive a sensação de que o tempo havia parado. Não, não. Foi mais do que isso: fiz uma viagem no tempo.

LANCE MINHAS CINZAS AO VENTO NA CATEDRAL DE NOTRE-DAME

> *Meu amor, olha só, hoje o sol não apareceu,*
> *é o fim da aventura humana na terra.*
> *E voando bem alto, me abraça pelo espaço de um instante.*
> *Afinal, não há nada mais que o céu azul pra gente voar.*
> (Umberto Tozzi, *Eva*)

Oi, filha. Todo santo dia minha vida é um inferno. A dor do abandono pode ser pior que o luto de enterrar alguém. No abandono, fica a esperança de que os restos mortais do cadáver da saudade se transformem em articulações, pele e vida, e venham nos abraçar. Até hoje, nesse abrigo de idosos onde moro, minha vida foi aguardar você entrar no meu quarto de tristes mobílias. Depois de tantas cartas sem resposta, esta é a última que te escrevo.

Todos os dias eu tinha um sonho. Nele estávamos debaixo duma paineira que tem aqui: banco, sombra, espinhos e raízes gigantes. Então conversávamos sobre suas peraltagens da infância, nossas reuniões familiares, os natais, os anos-novos, os aniversários. Queria que você visse as painas se soltando de cascas grossas e caindo suavemente.

Lembra do dia em que te levei pra escola pela primeira vez? Achei que você choraria, mas quando a professora pegou na sua mão e te levou até a sala de aula, você parecia mais feliz do que quando estava comigo. Por falar em primeiro dia, quando fiquei doente e vim pra cá, Dona Célia, a diretora do abrigo, passou o braço sobre meu ombro e me trouxe ao quarto. Novamente achei que ia te ver chorar, mas acho que isso não aconteceu. Pelo contrário, como no seu primeiro dia na escola, você ficou feliz em nos separarmos. Enquanto eu caminhava e a cada três passos olhava para trás, na primeira virada você já não estava mais lá, continuei olhando para o vazio da porta aberta na recepção, na esperança de te ver mais uma vez. Mas você tinha ido embora, você tinha ido embora... para sempre.

Umas das coisas que faz falta é a sala de aula da escola onde trabalhei por décadas, e lá me aposentei. É estranho ser querida por alunos, procurada pelos pais e útil para a sociedade, mas, de repente, ninguém te procura para tirar dúvidas, para saber como estão os filhos nos estudos. Também não recebemos mais festinha surpresa de aniversário. Sobre minha aposentadoria, pelo menos dá pra pagar as despesas do abrigo e sobra um pouco pra você, não é mesmo?

Quando uma velha morre aqui, é comum ninguém da família aparecer. Aliás, só passeamos se vamos ao cemitério. São as únicas ruas da cidade em que andamos: o caminho do cortejo. Uma tarde de enterro é um dia especial; podemos passear um pouco, enquanto ouvimos, sentimos, cheiramos e vemos a mesma paisagem de forma diferente, mesmo para os que não enxergam mais. Ah! Você precisava ver como nossos louvores no cortejo são carregados de uma alegre melancolia. Alguns sonham com o próprio último dia, quando serão carregados do percurso da sala fechada de homenagens-mal-recebidas ao túmulo que nos aguarda de boca aberta virada pro céu, com dentes e garras feitos de vermes se revirando de fome na terra.

As dores incomodam muito; tomar uma mão cheia de remédios controlados três vezes ao dia, receber comida na boca e não sentir o gosto, passar noites inteiras em cantos de cômodos à meia-luz. Porém, o que mais incomoda não é precisar que alguém nos ajude a fazer as necessidades no banheiro, trocar nossa fralda e mal nos limpar com papel higiênico (quando tem) molhado da torneira, e passar calor quase ao ponto do desespero. Não. O que mais dói é que não fazemos mais falta às pessoas que mais nos fazem falta.

Domingo passado, deu no jornal que uma estátua fugiu da praia de Copacabana. Digo fugiu porque, após o anúncio do suposto roubo da obra de arte que representa um velho poeta, algumas pessoas afirmaram que a viram e conversaram com ela. Um morador da Rocinha afirmou que ela está passando uma temporada no morro. A testemunha disse, inclusive, que a estátua participou de rodas de samba, mas em breve vai girar o mundo, não para escrever, mas para participar da vida de personagens noutras histórias. Tenho vontade de fazer o mesmo, mas uma estátua tem mais liberdade do que eu.

Ontem fiz aquela lasanha e uns bolinhos de milho pra te agradar. Filha, você chegou e deixei-a ir comer na sala com o prato no colo. Eu ficaria sem graça se você notasse que o tempo todo estou te olhando. Promete que volta amanhã? Desculpe, filha, minha cabeça não anda muito boa, a médica me diagnosticou com Alzheimer, mas ela está é doida. Minhas memórias nunca foram tão reais. Meu problema não é a falta de memórias, mas o volume e o peso delas.

Toda semana vem gente deixar os pais; e o abrigo tem que negar, pois não há vagas. Quanto mais o tempo passa, mais camas vazias na cidade e maior lotação nos abrigos. Ainda bem que entre nós duas não é assim, entendo sua correria: família pra cuidar, metas a bater no trabalho, viagens programadas, lista de livros pra ler, superar as pressões do mercado. Enfim, ganhar dinheiro e aproveitar a vida, da mesma forma que tentei fazer um dia e não consegui. Nas minhas contas, esta semana faz dez anos que estou aqui, e nove que não te vejo. No meu primeiro aniversário no abrigo você veio; foi como se meus setenta e dois anos de vida se resumissem apenas àquele dia. Percebi sua pressa e falta de paciência ao gritar comigo, porque babei em cima da mesa e derrubei o prato de bolo no seu colo, lembra?

Após esse dia, várias vezes a Dona Célia me tirou da sala de espera, pois ali eu passava horas e horas com as malas prontas, me despedia de todos, e dizia que ia pra casa. A moradora do quarto vizinho chorava em todas as despedidas. Da mesma forma, ela chorava em todos os retornos, horas depois. Aos poucos, fui diminuindo as expectativas na sala de espera e aumentando a espera no quarto. O termo "sala de espera" se ressignificou totalmente para mim.

Essa semana aconteceram duas coisas curiosas. A primeira é que chegou um morador novo. A princípio ele ficava calado nos cantos parecendo uma estátua; depois nos tornamos amigos, e ele se apresentou como Velho Dru. Após sua chegada, as coisas mudaram. Ouvi-lo é como ser ferido por dentro, mas não uma ferida qualquer. Ele gerou conflitos, mas não conflitos quaisquer, ele promoveu viradas em nossas histórias, mas não viradas projetadas. Dividiu nossos dias em atos. Por isso, temos mais atitude, mas não atitude de fazer simplesmente, entende?

A segunda coisa é que no sábado tivemos uma festa. Uma garota veio comemorar seu aniversário junto com o marido e alguns convidados. No início, não entendi; ela era tão bonita, tão cheia de vida e de amigas, mas escolheu comemorar com os velhinhos. Isso nunca havia acontecido. Sempre passamos nossos aniversários na mesmice: cantamos parabéns, sopramos velinhas por fora tentando reacender por dentro a fé no ser humano, mas, no fim da noite, o vento que vem das janelas é o sopro de morte que apaga a todos em suas camas frias.

O nome da aniversariante era Marla. Ela abraçou e conversou com cada um, ela até se parece com você. Comemos, contamos histórias, fizemos piadas dos nossos problemas, eu passei o dedo no bolo e ela também. Ximbica, um dos internos, foi o juiz na corrida dos cadeirantes. Roberto Carlos, seu companheiro de quarto, roubou um doce, mas não conseguiu comer, porque sua boca com apenas um dente não conseguiu quebrar a bala. No fim, a bala já tinha se derretido em sua boca, e ele chupou a noite toda o último dente, que se soltou. Era uma mordida sem dentes no próprio dente.

Contudo, apesar dos contratempos e em meio à diversão, vi lágrimas escorrendo pelos rostos daquele casal. De repente, a aniversariante me chamou pra conversar debaixo da paineira, então nos afastamos do salão, caminhamos até o banco de madeira e nos sentamos. Por alguns minutos, ficamos ouvindo o barulho dos grilos, sapos, pererecas e do vento revirando as folhagens secas.

Olhávamos para o céu buscando coisas que não têm início nem fim, querendo enxergar no escuro de nós o que não compreendíamos. Sabe, olhar o vazio negro entre os astros é ler as entrelinhas de um texto antigo. Dizem que olhar o céu é olhar o passado, se isso é verdade, agora entendo o porquê de alguns solitários olharem para cima e suspirarem. Nosso silêncio foi interrompido como um martelo que bate à bigorna, uma pancada seca quebrando uma casca de noz. Foi semelhante à sensação de um rasgar com as mãos olhos costurados no desfiar de uma ilusão.

– É exatamente como diz nas cartas, *cof-cof* – disse a Marla.

– Que cartas?! – perguntei.

– Li todas as cartas que você enviou a sua filha.

– O-o-o quê? Na-não estou entendendo – eu quis sair correndo, mas não tive forças.

– Meu marido, Antônio, me entregou as cartas, *cof-cof*.

– Como elas foram parar nas mãos de seu marido?!

– Ele trabalha num caminhão da prefeitura recolhendo lixo, no turno da madrugada. Há algumas semanas, ele pegou um saco misturado a restos de comida. O saco rasgou, e as cartas caíram. Antônio abriu um envelope e leu. Em seguida, com o caminhão em movimento, atrás do entulho sendo esmagado, com uma mão segurava na barra de ferro e com a outra, o papel. Como elas iriam para o lixão, resolveu levá-las pra casa. Não seria invasão de privacidade, pois cartas tiveram remetentes e destinatários antes de se tornarem lixos. Sendo assim, se tem algo para o qual as cartas não foram feitas é para serem descartadas. Li algumas e fui me deitar. Não consegui dormir, *cof-cof.*

– O que você fez no outro dia? Por que não esqueceu o assunto?

– Na tarde seguinte, ao chegar do trabalho, voltei à leitura. Passei a noite lendo. Quando terminei a última carta, entre minhas tosses e coraçõezinhos desenhados no fim da folha com a expressão "mamãe te ama", não tirei a senhora da minha cabeça.

– E...?

– Antônio chegou em casa amanhecendo, eu estava coando o café. Ele se sentou, pendurou o boné no encosto da cadeira, passou a mão nos cabelos macegados e me olhou. Contei tudo. Assim, ele deu a ideia de comemorar meu aniversário no abrigo. "Ok, faremos isso!", disse a ele, e continuei: "mas meu maior presente será vender o terreno, juntar nossas economias e fazermos aquela viagem à França. Já fiz seis cirurgias de câncer, e não sei quando virá o próximo tumor. Quero visitar os museus, conhecer as praças, restaurantes, locais históricos da cidade, ouvir a língua francesa, conhecer aquele povo. E principalmente, atravessar o Atlântico pra conseguir não ver, daquele ponto, nenhuma porção de terra em toda a extensão da Terra. Então, vou recolher as respostas das perguntas que joguei ao mar durante toda a vida, como o marujo que recolhe âncoras atiradas do navio. E finalmente, admitir: se tenho limites, que sejam, profundos, misteriosos e fluidos", *cof-cof*. Entendeu agora, Dona Eva?

– Hmm... acho que sim.

– A noite de hoje é como se respondêssemos apenas uma linha de suas dezenas de cartas não respondidas – disse Marla, enquanto eu permaneci com o olhar nas raízes da paineira ao lado duma cisterna da qual se tirava água para abastecer o abrigo. Não encarei seu olhar, mas falei engasgando: "No fundo no fundo, eu sabia que minhas cartas iam para algum canto de baú ou lixo. Só não podia imaginar que seriam lidas por outra pessoa."

– Se a senhora sabia que as correspondências não eram lidas, por que as escrevia? – perguntou a Marla, após tossir bastante e se recompor em seguida.

– Ninguém pode dizer que sabe o que é solidão enquanto não tiver mais ninguém pra dizer o quanto é só. Agradeço tanto por me proporcionarem esta noite. Agora entendo: leveza e tristeza são palavras tão ligadas quanto peso e ilusão.

– Marla!? – Ouvimos uma voz vinda do salão.

– Tenho que ir. Toninho, meu marido, está me esperando; ele fica preocupado. Da última vez que sumi, ele me encontrou desmaiada debaixo d'uma árvore. Não é coincidência estarmos aqui, gosto de árvores, especialmente no outono.

Demos um abraço. Eu disse que, se pudesse, iria a Paris com eles. Limpei minhas lágrimas com um lenço que a Marla tirou da bolsa, ela levantou e se despediu prometendo voltar. Permaneci sentada debaixo da paineira, tentando seguir o caminho das formigas e entender o voo das painas. Então o Velho Dru veio, sentou-se e declarou que ouviu tudo. Não conversamos NADA, apenas me escorei em seu ombro duro como metal e chorei. Notei que a lua estava cheia, maior do que o normal e bem acima de nossas cabeças. O Velho Dru escorou, com leveza, a mão talhada em meu ombro e anunciou: "perdoar é tatuar as cicatrizes na alma, por meio de ferros em brasas". Em alguns minutos, me levantei daquele banco, animada de uma forma que não conseguia entender.

Tempos depois, recebi uma carta da Marla dizendo que ela e o Antônio iriam fazer a viagem tão esperada; e assim que retornassem, ela voltaria aqui para me ver. Mas essa visita não aconteceu. Depois a dona Célia teve notícias de que a Marla estava novamente com câncer, desta vez, terminal. Ela morreu poucos meses depois da notícia do último tumor.

Enfim, eu queria conhecer meus netinhos, fazer bolo no fim da tarde, colocar comida em suas bocas com aquela colher da Minnie que guardei de quando você era neném. Às vezes sonho que estou com eles em meu colo, mas vou me contentando com aquela bonequinha de pano com que eu a tinha presenteado, e você me devolveu quando vim para cá. Ela dorme comigo todos os dias, conversamos muito. Já peguei ela chorando pelos cantos, andando sem rumo, sentada na sala se rasgando por dentro, mancando e se escorando nas paredes dos corredores de madrugada, com saudade de você. Ela está surrada, velha, desbotada, respirando por ajuda de esperas, sem forças para procurar uma costureira e se tratar.

Querem que eu jogue a bonequinha fora, porque ela está suja e fedida. Ninguém mais aguenta seu mau cheiro; onde ela chega, todos se levantam. Mas jamais a jogaria fora; sei como ela se sente. Imagino que você tenha tirado os meus cadernos, poemas e livros velhos do armário e jogado fora. Cair em si, filha, é uma queda livre, e pode acontecer quando o vazio dos dias nos enfia goela abaixo carnes malpassadas de crueldade, fazendo-as descer pelos abismos de nossos corpos; e então ficamos roxos, sem ar e tossimos.

É, filha, o curso da vida é como o rio: sempre para baixo, às vezes tão abrupto e violento quanto uma cachoeira. Gostaria de lhe fazer um pedido: no meu velório, creme meu corpo e coloque as cinzas dentro de um pote vazio de goiabada (o doce de que mais gosto, e não pude fazer para os meus netos), e me jogue no mesmo lixo para onde iam as cartas que te enviei. Fiz com que essa carta chegasse até você, porque a deixei com a Dona Célia; ela se encarregou de fazê-la chegar a suas mãos quando fosse dar a notícia de minha morte.

Não se preocupe em jogar minhas cinzas no lixo, afinal, foi esse lixo que me proporcionou conhecer a Marla. Não ficarei no lixo; o Antônio vai me recolher. Ele também recebeu um bilhete meu, e dará outra finalidade ao pó de meus buracos sem fim.

O CARTEIRO ENTRE DOIS ENDEREÇOS

Cerradas as portas, a luta prossegue nas ruas do sono.
(Carlos Drummond de Andrade, *O lutador*)

Mãe,

Desde que morri naquele dia em que fui te visitar no abrigo e cheguei aqui, não param de chegar suas amigas velhinhas para me escorraçar. Elas saem do fundo de seus caixões e veem até mim para dizer que te abandonei, que a enfiei num asilo para ficar livre da minha mãe, e um monte de acusações. Você nunca mandou ninguém até nossa casa para saber por que eu não lia suas cartas. Mãe, estou morta!

Naquela época, como eu tinha apenas oito anos, e não tínhamos parentes em lugar nenhum, o Conselho Tutelar e o Ministério Público julgaram que você deveria ir para o abrigo de idosos. Morri na saída do abrigo no dia em que fui te visitar e você mal me reconheceu.

Eu me fiz de forte na sua frente, mas saí chorando tanto que, distraída, ao atravessar a rua, veio um ônibus e me atropelou. Eu era muito nova e não conseguia entender o porquê da minha mãe ter ficado esquizofrênica e ainda desenvolver Alzheimer.

Eu não gritei com você, mas porque me assustei quando a sopa queimou minhas pernas onde o prato caiu virado. Outro dia, chegou um velhinho aqui, me deu um tapa na cara e disse que eu não deixei você conhecer seus netinhos! Eu nunca tive filhos, você projetou suas carências sobre uma criança que já havia morrido; se não carência, falta de discernimento entre a realidade e a fantasia.

Quem jogava suas cartas fora eram os donos da casa em que morávamos de aluguel. Com a nossa saída, eles voltaram, e tudo que chegava de correspondência para mim, eles jogavam no lixo, afinal, um morto não lê. Não lê, vírgula, às vezes lê e escreve cartas.

Estou certa de que essa carta chegará a suas mãos – porque um tal de Velho Dru apareceu aqui, não o conheço, mas ele se prontificou a fazer o papel do carteiro, pois cansou de escrever para gente morta que acha que está viva. E agora ele vai inverter seu papel, vai entregar os escritos dos conscientes da própria morte para os iludidos com a própria vida. Inclusive, achei legal a sugestão do Velho Dru que eu terminasse minha carta com esse verso: *fechadas as portas do sono, a luta continua.*

SOPRO

> *Não sou nada*
> *Nunca serei nada*
> *Não posso querer ser nada*
> *À parte isso, tenho em mim*
> *todos os sonhos do mundo*
> (Fernando Pessoa, *Tabacaria*)

Já latiram, relincharam e berraram que sou asqueroso; isso não discuto, mas sou insensível? Sinto que não. Um escritor de histórias infantis dizia que *a vida não é nada mais que uma explosão ocasional de risos sobre um interminável lamento de dor*. Talvez.

Quando era pequeno, eu achava que iria mudar o mundo, mas o mundo me mostrou que o buraco de si mesmo é mais embaixo que todos os buracos do mundo. Queria descobrir quem sou, mas parece que pensar na vida só serve para fazer pensar mais ainda na vida. Por exemplo, quando fico à vontade, causo desconforto. Se estou comendo, gero coceira. Se corro no parque para perder peso, pisam na minha cabeça. Só de me olharem, sentem asco e repugnância; se encostam no meu corpo, lavam-se com álcool. Alguns sentem ânsia de vômito só de pensar em mim, e se estão à mesa de refeição, é proibido citar meu nome.

Você acha que eu queria ser isso? Volta e meia batem veneno na casa para nos matar aos poucos; se nos encontram, somos despejados de nosso lar e jogam a gente na privada. Vocês acham que não temos família? Somos pelota de cocô para sermos jogados numa privada e darem descarga? Sou feio, disforme, desproporcional, arrasto-me pelos cantos, minha cor vai de tons de cinza melancólicos puxados para a morte. Sou malcompreendido, rejeitado, mais enrugado que um *shar-pei*.

Alguns cientistas fizeram uma homenagem pra nós; mas achei deselegante, pois batizaram uma doença com nosso nome. Minha esposa está grávida. Serão centenas de nenéns, mas o médico disse que ela vai morrer depois do parto. Como cuidarei sozinho de tantos filhos neste mundo cão? Então, escrevi um livro e mostrei a uma agente literária papagaia; segundo ela, eu escrevo bem, mas os textos citavam muitos animais. Se eu quisesse escrever literatura séria deveria jogar esse livro no lixo e escrever outro para adultos. Mas, nunca tive dúvidas que as crianças têm mais seriedade em suas brincadeiras que os adultos em suas coisas sérias.

Tenho uma pata atrás com esse povo que o tempo todo diz estar "tudo bem", "alto astral", "se melhorar, vira festa", "*good vibes*". Estão sempre sorrindo, com o focinho empinado. Quando cumprimentam dão as patas, mas são tão metidos quanto velozes para não chegar a lugar algum.

A maior causa de morte infantil entre nós é coceira; a coceira que geramos nos outros. Pois quando pequenos, ficamos em regiões ao alcance das patas e unhas de nossos hospedeiros, então nossas criancinhas são diaceradas. Por outro lado, ao mesmo tempo em que eles nos matam, não vivemos sem seus cachorrinhos. Alguém podia ter estima por mim ao ponto de me ter por animal de estimação?

Não gosto de chocolate, futebol, festas. Odeio cerveja e pizza, abomino tomar banho. Minha maior alegria é dar voltinhas de carro, principalmente se eu for na orelha do Pingo, o cachorro, sentindo o vento bater em meu rosto. Em noites de lua cheia, gosto de ficar em cima do muro, só observando. Adoro dormir na cama da dona da casa onde moro, debaixo do edredom em tempinho frio, curtindo filmes da Disney em 3D. O sangue que corre em minhas veias não é meu, mas sou louco por sangue, passo a noite e o dia comendo, só paro quando estou pra explodir. E quando estou cheio, falam que estou ingurgitado. Ingurgitado é a mãe, vê se te enxerga, seu filho dum ser humano!

De tanto sofrer preconceito e ameaças de morte, pedi asilo político na Sociedade Protetora dos Animais.

Disseram que sou um animal de baixa categoria, e que um dos objetivos da entidade é exterminar nossa classe da face da terra. Tive que pular a janela e fugir para não ser linchado. Saí cuspindo sangue daquela espelunca, onde o presidente é um cão vira-latas devorador de carniça. Então fundei a SOPRO DE VIDA (Sociedade Protetora de Vidas Desprezadas). Vão fazer parte da instituição somente os seres que os humanos acham nojentos, asquerosos, gosmentos, feios, diferentes e repugnantes.

Sangue humano é comida contaminada, pois seu coração bombeia ódio, amargura, intolerância, preconceito, ignorância, e milhares de outras doenças. Eu não posso comer pratos com sangue de gente, mas sou viciado nessa desgraça. Tenho que tomar Omeprazol diariamente. Da última vez que fui parar no hospital, vomitei tanto, senti náuseas, vertigens e dores no estômago. Minha mãe me levou num dos médicos mais renomados da praça, o Dr. Artrópode Exoesqueletus. Fiz vários exames e fui diagnosticado com câncer no intestino. Isso sem contar que meus rins estavam fracos e tive que fazer hemodiálise.

Fiquei quinze dias na UTI. O doutor com sua equipe de peçonhentos e roedores fizeram a cirurgia, guardaram os tumores em frascos de aço inoxidável lacrados em caixas de concreto. Pediram às minhocas e aos tatus que enterrassem os frascos a cem metros de profundidade, e cercaram a área como espaço de lixo radioativo. Fiz várias sessões de quimioterapia. Na última análise, o psicanalista, o gato Cazu, disse que eu não precisava pagar a conta nem voltar: *pra nunca mais ter que saber quem eu sou. Pois aquele garoto que ia mudar o mundo, agora assiste a tudo em cima do muro.*

Então resolvi sair de casa. Escrevi um bilhete pra minha mãe com tinta de sangue esguichado das minhas veias, pedindo para ela cuidar dos meus filhos: "Pergunto olhando para os montes: *de onde me virá o socorro?* Adeus, mãezinha!" Deixei o ânus do cachorro, local onde fica minha cama, e saí de casa. No caminho, lembrei da minha infância, o campo onde brincava com meus amigos, a árvore sob cuja sombra chupava picolé de sangue de gambá e sonhava coisas boas para o futuro.

O plano era morar entre as pedras dum meio-fio e esperar que os morcegos, que moram em casarões abandonados da região, me dessem sangue podre de humanos que eles jogam fora. No caminho, o tempo fechou. A prefeitura havia bloqueado a rua para consertar o sistema de esgotos. Condições que me salvaram de ser frito na rua quente ou esmagado pelos pneus dos carros. Assim, fui em direção ao meio-fio da rua, na esquina do boteco de secos, molhados, fumos e pinga do sr. Jaum. Ele dá comida para alguns cachorros vira-latas do bairro, um lugar que eu frequentava aos sábados à noite com amigos.

Na hora de pular do meio-fio para atravessar a rua, caiu um toró d'água e uma enxurrada começou a correr na rua. Meu projeto fora para o lago abaixo no primeiro dia. Algo mais forte que minha carapaça de fracassos me impediu de pular, considerando que correria risco de vida devido à altura daquela pequena pedra que, para mim, era um penhasco. Voltei pra casa, fui para a mesma região quente e úmida do cachorro, resolvi tomar uma dose de sangue para relaxar e me deitar. Quando dei a primeira picada, o Pingo se levantou e saiu arrastando o cu no tapete; fiquei todo esfolado.

Até aquela tarde em que fui jogado por todos os meus cantos, minha vida era um lamento interminável de dor. Mas, no dia seguinte, grudei na ponta do rabo de outro animal farejador de carniça, o cachorro do Sr. Manoel da Feira; fiz ele coçar e correr atrás do rabo que, de tanto o pulguento girar, fui jogado longe. Ri até bambear as pernas e ajoelhar escorando a pata numa tampinha de cerveja. Aquele foi um dia de explosão de risos.

Nas últimas férias, os donos do Pingo planejaram passar uns dias nas Ilhas de Bahamas. Foi uma viagem cansativa até ao aeroporto, além de ter estragado o ar--condicionado do carro. A alergia do Pingo atacou, por ficar muitas horas fechado com os humanos. O casal conversava alto e as crianças gritavam. No aeroporto, o voo atrasou. O Pingo não parava de latir na fila do embarque.

Quando chegamos ao destino, o primeiro lugar que conhecemos foi a praia de São Salvador, onde demos uma parada num restaurante à beira-mar. Nos sentamos à mesa debaixo dum frondoso Sabicu que ficava com meia sombra sobre as águas, e pedimos uma macarronada com queijo e molho de tomate fresco. O garçom, que se apresentou por nome de Velho Dru, tinha um aspecto metálico no olhar e no andar. Ele serviu a gente e disse que aquela árvore era da época da colonização, e provavelmente, ela testemunhou a chegada de Colombo. Anunciou ainda que em alguns minutos um grupo de poetas que se reúnem à beira do despenhadeiro de frente pro mar estaria por ali, e que poderíamos assistir às recitações.

A família resolveu dar um passeio numa trilha da floresta, pois a pousada na qual nos hospedaríamos ficava numa cidadezinha a poucos quilômetros dali; portanto, tínhamos tempo para um passeio. O Pingo e eu ficamos com o Velho Dru, que se dispôs a olhar o cachorro enquanto a família passeava. Então o Pingo resolveu deitar a alguns metros de distância do restaurante debaixo duma bananeira. Afastei-me dele também, desci do seu ânus e me aproximei do grupo de poetas que estavam sentados numa rocha. A lua, à medida que saía das águas, iluminava o ambiente sem luz artificial. Então alguém recitou:

Falhei em tudo.
Como não fiz propósito nenhum, talvez tudo fosse nada.
Que sei eu do que serei, eu que não sei o que sou?
Ser o que penso? Mas penso ser tanta coisa!

Nem haverá senão estrume de tantas conquistas futuras.
Não, não creio em mim.
Em todos os manicómios há doidos malucos com tantas certezas!

Vejo os cães que também existem,
E tudo isto me pesa como uma condenação ao degredo,
Talvez tenhas existido apenas, como um lagarto a quem cortam o rabo
E que é rabo para aquém do lagarto remexidamente.
Como um cão tolerado pela gerência.

Um cliente saiu da Tabacaria.
Ah, conheço-o: é o Esteves sem metafísica.
Como por um instinto divino o Esteves voltou-se e viu-me.
Acenou-me adeus gritei-lhe Adeus ó Esteves!, e o universo
Reconstruiu-se-me sem ideal nem esperança, e o Dono da Tabacaria sorriu.

É isso! Os cães, o lagarto, o mistério, o universo, o sr. Jaum, o Pingo, o Esteves, a Tabacaria, estamos todos no mesmo cu de mundo. Enfim, quem sou eu? Isso importa somente a mim. Interessa contar é que, a partir de hoje, não me verei mais com os olhos de meus assassinos.

O BEIJA-FLOR-PRETO-ASAS-DE-FACA

Quando o amor acenar para vocês, sigam-no, embora seu caminho seja árduo e íngreme. E quando suas asas os envolverem, rendam-se a ele, embora a espada escondida entre suas plumas possa feri-los. E quando ele falar com vocês, acreditem, embora sua voz possa estilhaçar seus sonhos, como o vento norte devasta o jardim.
(Khalil Gibran, *O Profeta*)

O sacrifício da asa corta o voo no verdor da floresta.
(Carlos Drummond de Andrade,
Elegia a um tucano morto)

Na ilha Buracos de Minhocas, no alto do precipício, sangrando por baixo das asas, à meia noite, um beija-flor-preto-asas-de-faca espera atendimento no consultório médico. Ele está à beira duma cachoeira que corre pra cima.

– Sr. Libe Porto, me acompanhe, por favor. O doutor Dru o aguarda no consultório – diz a atendente coruja, deixando a prancheta em cima da mesa de tronco caído, enquanto toma a frente numa trilha de terra batida. Então eles cortam o caminho por entre folhas de bananeiras, passando através da cachoeira que refletia a lua.

– Sente-se, fique à vontade – diz a coruja.

– Não, obrigado, voando fico mais atento – responde Libe, o beija-flor.

– Pode deixar a porta aberta, por favor – diz o doutor Dru.

– Por que tem uma porta no meio da floresta?

– Quem disse que você está no meio do mato? – pergunta o doutor Dru, sentado numa pedra.

– Ué! Sua sala é bem diferente mesmo, nem parece que estamos na Terra.

– Não estamos, mas o que o traz aqui?

– Doutor, não aguento mais voar de tanta dor na coluna.

– Que é isso em suas costas? – pergunta o doutor Dru, levando um ramo de girassol à boca.

– Cortaram minhas asas e encravaram essas facas – responde Libe, tilintando duas facas uma na outra.

– Hmm, deixe-me avaliar... deita ali, na raiz daquela mangueira.

– Ok, me ajude aqui.

– Pois não.

– Ai, ai. Obrigado! – agradeceu Libe Porto se ajeitando sobre a raiz.

– Agora, mexa as facas lentamente, de forma que girem sobre seu próprio eixo fazendo o movimento símbolo do infinito.

– Não entendi, que movimento é esse?

– Aquele que o possibilita ficar parado e voando ao mesmo tempo.

– Ah, sim!

– Isso! Agora estique as facas o máximo que puder.

– Argh!

– Dói?

– Sim, muuito!

– Já imaginava, pode recolher. Aiii!

– O que houve, doutor?! – pergunta Libe, alçando voo por um susto.

– A navalha de uma de suas facas cortou meu dedo.

– Mas você não é de bronze?

– Sim, mas sou poeta também.

– Não entendi.

– Deixa isso pra lá. Voltando ao assunto, essa situação o impede de se locomover?

– Não, pelo contrário, apesar da estranheza do meu voo.

– Você acha seu voo estranho?

– Sim. Além das minhas asas terem sido decepadas... as facas que as substituíram, uma foi fincada nas costas, outra no peito. Os cabos das facas estão virados para baixo. Assim, ao bater as asas, eu voo torto e de cabeça para baixo. O sangue escorre pela minha face antes de cair no chão. Muitas vezes, o líquido vermelho-viscoso toma meus olhos, e oriento meu voo na escuridão através de um olhar mergulhado em sangue.

– Isso não é estranho, acho literário; ou é literário porque gera estranheza?

– Não sei. Só sei que isso me faz voar mais alto.

– Então, qual o motivo da consulta? – diz o doutor Dru movendo os óculos até a ponta do nariz, passando uma folha da planta Chuva de ouro na careca para enxugar o suor.

– Disseram que voar é coisa de vagabundo – responde Libe, pairando torto no ar e de cabeça para baixo, enquanto uma poça de sangue se forma no chão.

– Você vai se preocupar com os que rastejam na superfície da terra e atiram peixeiras pela garganta? – pergunta o doutor Dru, medindo o batimento cardíaco do pequeno pássaro preto, certificando-se da normalidade de quatro mil e oitocentas pancadas por minuto. Em seguida, o médico passa o dedo ferido e pingando sangue na poça de sangue do Libe, misturando os dois líquidos.

– Não, não me preocupo. O risco de ser comido por meus predadores não me impede de tomar o néctar das flores.

– Entendo. Não preciso de mais exames, apenas a clínica e o raio X são suficientes para o diagnóstico – diz o doutor, estendendo uma mão acima da cabeça, na altura da Terra, e esfregando os dedos com sangue um no outro.

– E... é grave? – pergunta Libe, perdendo altitude e balançando rapidamente o corpo no ar para movimentar as penas e bater as facas uma na outra. Ao mesmo tempo em que respinga sangue por todo o ambiente, inclusive no corpo metálico do médico.

– Gravíssimo! – diz o doutor Dru, espalhando o sangue em sua lataria com as mãos como se fosse óleo para lubrificar as articulações. O metal das facas e o cálcio de sua caixa torácica não se fundiram, a chapa mostra qual é um e qual é o outro. Vê aqui? – diz o doutor Dru fazendo um "x" com um lápis onde quer destacar.

– Vejo.

– Desta forma, o instrumento que lhe proporciona liberdade é o mesmo que trinca os ossos e rasga sua carne – diz o doutor Dru, desligando o visualizador radiológico ao dar um tapinha na bunda de um vaga-lume.

– O que devo fazer? – pergunta Libe, escorando-se na mangueira, deitando as facas cruzadas, uma sobre o peito e outra nas costas.

– Todos os dias, na boca da noite, afie o bico e as garras nas pedras porosas do silêncio. E saia para caçar espantos nos buracos de minhoca. E finalmente, estique, rasgue e coma brotos amargos de palavras cruas.

– Sim, doutor, farei isso.

– Ah, ia me esquecendo, tem uma contraindicação.

– Qual, doutor?

– Não voe sozinho.

– Quanto a isso não se preocupe – diz Libe em forma de canto.

Na saída do consultório, Libe passa pela cachoeira e volta à floresta; outros beija-flores-pretos-asas-de-faca o aguardavam na copa de um Jacarandá de Minas. Eles revoaram sangrando floresta adentro, levantando o pó da estrada numa sinfonia de facas afiadas e afinadas. Então, suas silhuetas são vistas acima duma superlua avermelhada com gradações para um vermelho-escuro brilhante. Eles retornam e passam novamente pela cachoeira que corre invertida. Enquanto voam tortos, e de cabeça para baixo seus sangues caem, mas não escorrem para a Terra.

DÉVORA DESPEDAÇADA

Não tente se matar, pelo menos essa noite.
(Lobão, *Essa noite não*)

—☆

— Hei, como você entrou aqui?! – pergunta o menino, após abrir a porta e acender a luz.
— Escalei, coach.
— O que está fazendo sentada na janela, com as pernas para fora?
— Vou pular, coach!
— Está louca? Vai se esborrachar lá embaixo, estamos no 12º andar!
— Vou me suicidar, coach.
— Não faça isso!
— Por que não, coach?
— Ahn... hmm... Eu que pergunto: por que vai pular?
— *Hac urget lupus, has canis*, coach.

— Você está bêbada?

— *Aqui espreita o lobo, ali, o cão*, coach, é um ditado latino.

— Mas quem vai se suicidar não fica falando frases doidas em outras línguas.

— *Futue te ipsum*, coach!

— E agora, o que você disse?

— *Vai te fuder*, coach!

— Agora, sim, você falou uma coisa legal pro momento. Desde quando você está aí?

— Já nem sei há quantos meses subo neste hotel todos os dias, no mesmo horário, pra pular, mas não pulo. Não sei o que é pior: não ter vontade de viver, ou não ter coragem de deixar a vida na hora da morte. Vim aqui tantas vezes que até desenvolvi vários TOCs no percurso. Uma vez, me esqueci de bater a pata no ar-condicionado do quarto andar, quando estava no décimo, voltei e cumpri o ritual, não fosse isso, não me suicidaria em paz, coach.

— Mudando de assunto, é bonito daqui de cima, não é? A mata de frente, a lagoa que deve ser onde você mora, pássaros, barulho dos bichos. E a lua cheia? Parece que está a um passo da janela.

— Sim, a um passo! Também gosto do que vejo. Inclusive, a beleza confunde a morte, já me peguei maravilhada com essa vista. Outro dia, quando estava pra pular, apenas com uma pata segurando na janela e o corpo no ar, olhando pra baixo, apareceu um beija-flor preto com duas facas cravadas no corpo no lugar das asas. Ele passou voando torto e de cabeça para baixo e disse: "Boa noite, cuidado pra não cair". Quando fui responder, ele já estava longe, batendo as facas e pingando sangue. Isso foi o suficiente pra desistir de morrer naquele dia. Sempre acontece alguma coisa que me faz deixar pro outro dia, até um carrapato já me fez desistir. Mas o dia chegou, adeus mundo coach dos infernos.

– Nãoo! Espera...

– Esperar o quê? Essa é a questão.

– Você não tem nenhum motivo pra viver?

– Desde que me entendo por sapa, quanto mais salto por aí, menos saída encontro. Eu tinha a vida em minhas patinhas, insetos na mesa cinco vezes ao dia, sujeira natural no lago para mergulhar nos finais da tarde, copulava todas as noites ao som dos grilos cantando. Mas a construção desse hotel atrapalhou tudo, coach.

– Mas ainda tem muitos insetos e água na região, você não está reclamando de barriga cheia?

– Talvez. Mas todos nesse hotel me odeiam. Fico intrigada é que falar sobre a falta de sentido da vida se tornou um sentido pra mim, mas isso também não faz o mínimo sentido. Por outro lado, por que não acho que pular daqui seja tão natural quanto comer um inseto vivo, apesar de saber que ele tem família, coach?

– Eu que sei? Qual seu nome?

– Dévora Buarque de Holanda, coach.

– Você é parente daquele cantor, o Aurélio Buarque de Holanda?

– Cantor?! Não, não. É que meus antepassados moraram na casa do Aurélio, na biblioteca. E quando nasci, meus pais o homenagearam com esse sobrenome. Toda herança que recebi foi o conhecimento de meus pais e avós, coach.

– Prazer! Meu nome é Caio.

– Prazer, NADA! Como pode ter prazer em conhecer uma sapa? Quando eu pular daqui, não irei fazer falta pra ninguém. Você vai fechar a janela pra não entrar mais sapas, pererecas, muriçocas, baratas e depois vai dormir, coach.

– Antes de se suicidar, pode me tirar uma dúvida, Dona Dévora?

– Se puder ajudar... – responde Dévora, virando o rosto pela primeira vez em direção ao garoto, com olhos pretos brilhantes ao ponto de saltarem das órbitas.

– Por que alguém tão inteligente quer se matar?

– Por que alguém tão inteligente quereria viver, coach?

– As letras te deixaram doida.

– Não fosse pelas letras, eu já teria pegado uma arma e atirado um ponto final de chumbo em meu ouvido. Não seja injusto com o conhecimento, que é neutro em si mesmo, coach.

– Fala mais da sua vida.

– Essa janela se transformou num divã, coach?

– Não, mas se fosse, qual o problema?

– Por mim, tudo bem, mas com uma condição, coach.

– Qual?

– Que você me ajude a morrer melhor, coach.

– Fechado! Aceita um café?

– Não, obrigado, café me tira o sono, coach.

– Mas você não vai morrer?

– Refiro-me a outro sono, Caio, coach.

– Continuo sem entender, mas vou ligar na cafeteria e pedir um café pra nós então, só um minuto, não pule antes de encerrarmos nossa conversa.

– Ok, vou esperar.

Caio se levanta e caminha lentamente olhando para baixo, com uma mão no bolso da bermuda e outra coçando a cabeça.

– Pronto. Em cinco minutos o garçom vem entregar. O que estávamos falando?

– Esqueci, às vezes me perco no texto. Mas meu desejo era que todos os sapos e pererecas morressem, coach.

– Por quê?

– Assim o homem também seria extinto de forma cruel: morto pelos mosquitos. Nossa extinção seria o fim de quem está acabando com o planeta: os humanos, coach.

– Por que odeia tanto a gente?

– São vocês que nos odeiam, e sem motivo. Já ouviu falar que alguém morreu de sapo? Por acaso a *causa mortis* nalgum obituário foi descrita como "encostou numa perereca e morreu subitamente"? O Sistema Único de Saúde já recebeu entrada de alguém que pegou uma perereca e morreu? Pra que essa gritaria quando nos veem, coach?

– É verdade, quem tem medo de sapos e pererecas é que precisa de terapia.

– Terapia e um pouco de humanidade animal.

– Algumas pessoas enviam mensagens a sites de proteção e conscientização sobre os animais, perguntando dicas de venenos e métodos para nos eliminarem de suas casas. E o pior, elas recebem as dicas. Uma professora queria saber como acabar com os sapos da sua fazenda, coach.

– Cê tá brincando?!

– É pior que isso. Comum é jogarem sacos de sal em nascentes de córregos, quando não jogam em nossas costas para nos matar desidratadas, coach.

– Entendo, mas venha pra cá, você pode escorregar e cair lá embaixo. Você não tem amigos?

– Alguns.

– Então, criatura! – Caio contradiz Dévora.

– Essa é uma das ilusões mais sutis, coach – Dévora diz contra Caio.

– Por quê?

– As pessoas mudam de amigos constantemente, e sempre afirmando amizade eterna.

– Mas não é sempre assim. Fiz amizades no início do primeiro ano, e hoje estou no fim do nono, e ainda somos amigos.

– Há exceções, mas normalmente os amigos estão por perto enquanto temos algo a oferecer. Visite um asilo e constate essa realidade.

– Conheço um asilo, fica perto da minha casa. Lá os velhinhos são muito bem tratados e gostam de ficar naquele lugar. Outro dia, a professora de minha escola levou a gente lá. Conversei com uma velhinha quase o tempo todo num banco de madeira, ela me disse que lá tem um morador que é uma estátua e recita poemas. Depois a professora acrescentou que ela só faz duas coisas: escrever cartas e cuidar de uma boneca suja e rasgada. Por falar em conversa, antes de subir pra cá, você falou com alguém sobre seus planos?

– Sim, falei com uma amiga perereca, coach.

– E...?

– A primeira vez que vim, ela me agarrou pela cintura, tentou grudar as ventosas de seus dedos pelo meu corpo. Arrastei-a por alguns metros, mas nossas mucosidades fizeram-na escorregar. Lágrimas saltaram dos olhos esbugalhados de minha amiga, que ficou parada observando até eu virar as costas.

– O que passou em sua cabeça nessa hora? – pergunta Caio, pondo a mão no queixo, apoiando o cotovelo no joelho, sentado à beirada da cama.

– Nada que já não tivesse passado inúmeras vezes.

– Mas sempre há uma saída!

– Coach! Dá apenas um motivo e declino da decisão.

– Ma-mas... *A vida é bela*! – diz Caio, sentindo as pernas tremerem.

– Só no filme e, mesmo assim, o protagonista sofre injustamente como um condenado nas mãos dos nazistas e morre fuzilado.

– No fim dá tudo certo; se não deu certo ainda é porque não chegou o fim.

– Coach, um milhão de coachs! Você sabe que isso não vai acontecer. Diga essa frase num velório onde a mãe acaba de perder o único filho, morto num acidente em que um bêbado cruzou a pista e passou por cima do garoto. As pessoas fingem acreditar que vai dar tudo certo e ainda disseminam esses discursos, esse papo é um pé-no-saco-do-sapo, coach, coach, coach!

– Mas você merece ser feliz...

– ?!? Ninguém merece coisa alguma. A vida não é uma fórmula matemática ou uma receita culinária através da qual proceder de acordo com algumas regras nos garanta alguma coisa. E quando a tragédia bate à porta, vem o desespero, coach.

– Acho que você tem razão, estou ficando é com medo.

– Vivemos numa época em que nunca houve tantos espelhos e exploração da própria imagem, mas as pessoas se enxergam cada vez menos, elas dizem: "o que importa é o que está no coração", mas esse é o problema: o que está no coração, coach!

– Você não crê em Deus?

– Se cresse nele, o odiaria, coach.

– Sabia que Deus gosta de gente sincera?

– Se ele existir, pode até ser, coach.

– Isso significa que você considera a possibilidade?

– Não considerava, mas sua pureza me fez reconsiderar. Do jeito que o mundo está, não duvido que seja mais fácil Deus existir e ninguém o conhecer do que todos crerem e ele não existir, coach.

– E se Ele existir?

– Pode ser que as coisas se compliquem ainda mais – responde Dévora, escorando o tronco sobre uma pata, inclinando-se para trás, olhando pro céu.

– Quer saber de uma coisa? - pergunta Caio caminhando em direção à janela.

– Hã? – pergunta Dévora, sem entender a atitude do garoto.

– *Hac urget lupus, has canis*, desisto! Chega pro canto, vou pular também.

– O quê? Jamais! Você está doido? Está se sentindo bem, coach?

– Sinto fortes dores no estômago, no mais, estou bem.

– Não deixarei você fazer isso.

– Por quê? Dá apenas um motivo para viver e declino da decisão.

– Tenho vários! Fiz apenas usar alguns discursos recorrentes para te dissuadir da vida, na verdade, eu apenas queria ter razão, não quero a verdade. Mas podemos inverter. Agora você vai argumentar pela morte e eu pela vida, duvido você ganhar de mim, quem perder vive. Topa, coach?

– Não, não vou jogar com a vida, jogarei meu corpo no vazio deste abismo.

– De certa forma, a vida toda caminhamos no vazio do abismo, colhendo alguns morangos aqui e ali enquanto caímos. Mas isso não é ruim, se não podemos preencher as linhas de nossa história como queremos, temos a liberdade de não antecipar o fim. Assim, valorizamos quem mais importa: o leitor. Deixemo-lo construir nosso fim juntamente conosco, enquanto nossos passos puderem contar mais histórias, coach.

– Minha cabeça está doendo, será a falta do café?

– Posso ser assassino de minhas ilusões, mas não incentivador da morte alheia. Não serei a razão de seu fim. Outra coisa, seja puro na vida, não inocente quanto à morte, coach.

– No fundo, também estou cansando. Mas diga somente mais uma coisa, sem enrolação. Você crê em tudo o que disse em defesa da morte ou acredita em tudo o que vai dizer a favor da vida?

— Não sei mais no que desacredito, coach.

— Arreda! Se não der espaço, te dou uma chinelada e acabo com esse seu, como diz minha mãe: pipipi popopó. Vamos terminar logo com isso – diz Caio, enquanto sobe na janela e se ajeita. Então, o chinelo solta-se de seu pé, caindo, caindo, caindo. – Quem diria, hein? Eu que achei que você saltaria pra dentro, eu é que vou pular fora.

— Desde que você chegou aqui, o que mais lhe dei foi espaço. Espaço para pensar e falar o que quiser sem medo de julgamentos. Mas antes confuso e questionando que convicto sem esperança.

Alguém toca a campainha. O garoto e a sapa se olham.

— É o café que você pediu, coach.

— Está atrasado! – Caio se exaspera.

— Vai lá, quem já esperou até agora, o que pode representar em nosso fim dois cafezinhos a mais?

— Ok, vai ser rápido. Não pule sozinha, senão te mato – diz Caio ao descer da janela, atravessando o apartamento com a mesma lentidão com a qual caminhara anteriormente.

— Minha vida é pular sozinha.

— Que demora pra trazer o café! – diz Caio ao abrir a porta e ler no crachá de seu interlocutor: "VELHO DRU".

— Desculpe, jovem. A cozinheira faltou, eu que estou preparando e entregando os pedidos – diz o garçom com olhar mais perscrutante que marcador de ferro em brasa, enquanto ajeita o uniforme de terno preto, camisa branca sob a gravata borboleta.

– Tudo bem, senhor, não se preocupe – diz Caio, tentando desviar o olhar do Velho Dru, embora atraído por seus olhos abismais, nos quais desejou pular.

– Este café está quente pela hora da morte, jovem, sempre chego a tempo. Onde posso colocar a bandeja?

– Ah, sim, coloca em cima da mesa, por favor.

– Espero que goste, o açúcar está na vasilha ao lado – Enquanto o Velho Dru fala, a borboleta de sua gravata voa para dentro do apartamento, passa pela sapa e sai pela janela.

– A gravata da sua borboleta se desprendeu; não, não, a borboleta da sua gravata voou!

– Mas não foi para isso que ela nasceu? – diz o Velho Dru, enquanto tira as luvas e estende o braço direito sobre o ombro do garoto, descobrindo o bronze talhado de sua mão e punho.

– !

– Eu sei, filho, mesmo imortalizado com esse corpo de metal, eu também fico sem fala diante da vida. Minha parte nessa história se encerra aqui, mas qualquer coisa estarei por perto. Vou deixar a porta aberta, você se incomoda? – pergunta o Velho Dru.

– Claro, pode deixar a porta aberta – responde o garoto, indo até a saída do apartamento. Caio vê o Velho Dru pelas costas empurrando o carrinho de comidas, abrindo a porta de metal corta-fogo e entrando em direção às escadas.

Caio deixa o café em cima da mesa e vai até a janela, com maior lentidão do que quando foi receber o Velho Dru. Nisso eles ouvem uma música vinda do apartamento ao lado.

– O que houve? – diz Caio.

– Espere. Não está ouvindo, coach?

– Sim. É uma música do Lobão, e daí?

– Presta atenção, coach: *Mas não tente se matar. Pelo menos, essa noite não.*

– É isso, coach – diz Dévora, e canta baixinho gesticulando as patinhas como se estivesse dedilhando um violão: não tente se matar; pelo menos, essa noite não.

– Definitivamente, você não quer morrer!

– Claro que não. Só não via motivo para continuar morto-vivo, coach! Quem desce primeiro, coach?

– Primeiro, as sapas.

– Obrigado! – responde Dévora, estendendo a patinha.

– Não há de quê.

– Vamos tirar uma foto, coach?

– Por que não? – Caio tira o celular do bolso, toma Dévora pela pata e... *click.*

– Posso dormir com você esta noite, coach?

– Meu pai vai entrar aqui amanhã cedo, além do que, ele odeia sap...

— Pode completar a palavra, estou acostumada, coach.

— Vamos fazer o seguinte: desceremos pelas escadas e deixarei você no jardim na entrada do hotel. Amanhã à noite nos encontraremos aqui de novo.

— Ok. Mas não me ponha no bolso, tenho medo de escuro, coach.

— Venha.

— Espere um pouco, coach!

— Não vai dizer que ainda quer morrer?

— Não... nunca me senti tão viva, é que, é que... coach

— Vamos, Dévora, desembucha!

— Caio... gostaria de lhe dar um abraço, mas, se você tiver nojo, vou entender, coach.

— Own, que sapinha mais fofa!

Minutos depois, eles descem. Caio coloca Dévora debaixo das folhas de uma bromélia, entre pedras e água corrente. Na despedida, ela gruda na mão direita de Caio e diz:

— Preciso lhe dizer a última coisa, coach.

— Pode falar – diz Caio, abaixando-se e comprimindo as pálpebras.

— Não... não direi agora, amanhã à noite eu falo, coach.

— Tudo bem, você quem sabe.

Caio sobe para o apartamento e se prepara para dormir. Ao acordar no dia seguinte, ele se arruma com mais pressa que o habitual, veste sua blusa vermelha, pois estava um tempo frio e chuvoso. Então ele e sua família descem para tomar café. Caio, olhando pro chão e para os cantos, segue atrás do pai, a alguns metros de distância. Quando olha para frente, vê o pai próximo ao jardim, batendo o pé no chão e esmagando algo, dizendo:

– Tenho nojo de sapos! Odeio sapos!

– Dévora!!! – Caio grita e corre na direção de sua amiga, pegando o animalzinho nas mãos.

– Por favor, não morra! Vou cuidar de você... vou te levar para dormir no meu quarto todos os dias, vamos mergulhar no lago, tirar selfie com suas amigas, vou pular igual a você enquanto caminhamos. Perdoa... me perdoa, a culpa é minha!

– Caio, vira homem! É só um sapo nojento.

Lágrimas caem sobre a moribunda, misturando-se ao sangue. Com uma perninha destroçada, a outra presa por uma tirinha de couro, Caio põe sua boca trêmula na boca suja de terra misturada com grama tentando fazer a pererca respirar, os órgãos ainda quentes vazando das entranhas, o olho esquerdo fora do corpo, ela fixa o outro olho semicerrado em Caio.

– Eu... eu ac... eu ac... – Dévora não consegue terminar a frase. Caio aproxima a própria boca da boca da amiguinha e respira fundo seu último suspiro. Então tira um pouco de terra da boca de Dévora, e aperta a amiguinha contra o peito. Hóspedes passam arrastando malas, sem notarem o garoto ajoelhado e chorando. Enquanto isso , o pai de Caio segue xingando a sapinha por ter sujado seu sapato. Ele esfrega o pé direito no tapete para se limpar dos restos mortais da sapa.

    Duas vidas foram salvas ontem, uma morreu hoje. Um corpo foi despedaçado, uma alma viverá faltando partes. Uma morreu sem poder se despedir, outro jamais se despedirá daquela não despedida. Caio nunca saberá o que Dévora tinha a dizer, e vai imaginar as últimas palavras de sua amiga até a sua última página.

TABERNA DOS POETAS SEM TEMPO

O tempo nos fará uma reverência, não porque sejamos especiais, mas porque ele também terá se desvencilhado de sua tarefa, de ter precisado estacionar diariamente e então partirá para outra incumbência.
(Noemi Jaffe, *O que ela sussurra*)

— É verdade que esse lugar é mágico? — pergunta o homem, tentando enxergar o que há dentro da taberna através de um vidro na porta. Mas tudo que ele vê é o reflexo da lua cheia tomando toda a extensão do vidro.

— Sim, hmm, não — responde uma garota.

— Não entendi, é ou não é?

— O lugar não, o que acontece aqui, sim — diz a garota puxando duas cadeiras para sentarem-se numa mesa na calçada.

— Não, obrigado, estou com pressa.

– Não se preocupe com o tempo, aqui ele não é carrasco, mas porteiro.

– O homem que me chamou, aquele fotógrafo que anda pelas ruas de Paris, tirando retrato das pessoas comuns, sabe? Por acaso, nos conhecemos às margens do rio Sena, ao lado da Catedral de Notre-Dame, ele me fotografou no meu trabalho. Então começamos a conversar, e acabei lendo pra ele um poema que escrevi.

– Ah, sim, é o Robert Doisneau, é o dono deste bar. Ele gosta de fotografar naquela região, diz que em qualquer foto o Corcunda de Notre-Dame aparece sorrindo em forma de pó – responde a garota, enquanto pede ao garçom para trazer duas taças de champanhe.

– Vou aceitar o convite e a gentileza da bebida.

– Ótimo! O que mais vocês conversaram?

– Contei que meus pais eram pobres, não tiveram condições de investir em meus estudos, mas me ensinaram a ter prazer na leitura, diziam que eu tinha talento para a escrita. Falei também sobre minha maior diversão ser passar o dia na biblioteca da cidade. Ele me perguntou o que eu estava fazendo ali, eu disse que tinha acabado de lançar na Catedral de Notre-Dame as cinzas dos restos mortais de uma amiga brasileira que me pediu, antes de morrer, que fizesse isso com suas cinzas. Depois perguntei a respeito de fotografia e sobre as pessoas que ele retrata. Na despedida, ele falou sobre um lugar de magia em Paris, e me deu o endereço desta taberna.

– Hmm, ontem à noite ele disse ter fotografado, em horários diferentes, uma criança com uma blusa vermelha e um poeta no rio Sena, então o poeta é o senhor?

– Ele falou que os clientes desta taberna viajam no tempo – declarou o senhor, falando baixinho.

– Na verdade, ele não fotografa pessoas comuns, mas somente quem viaja no tempo. Falar nisso, o senhor é poeta há quanto tempo?

– Viajar no tempo?! Bem que eu queria, mas não sou poeta, sou apenas um gari, funcionário da prefeitura.

– Não é o senhor que escolhe se é ou não é poeta, mas a poesia o elege.

– Clichê.

– É falso porque é clichê?

– Sou apenas um homem de dores. Um velho cujas memórias não o desperturbam, um brasileiro que desistiu da alegria. Estou em Paris há vinte anos, vim pra cá após a morte da minha esposa, em decorrência de um câncer.

– E como o senhor veio parar aqui?

– Escolhi esta cidade porque eu e a Marla, minha esposa, viemos pra cá antes de ela fazer uma cirurgia da qual não saiu viva. Estávamos muito felizes até a noite que tivemos conhecimento do câncer. Minutos antes de eu receber a notícia, a Marla comentou que seu sonho era, um dia, morar em Paris.

– Não entendi. Vocês estavam viajando e não sabiam do câncer? – pergunta a garota, ajeitando-se na cadeira.

— Estávamos em Paris num passeio de uma semana. No último dia, uma amiga me ligou, pediu pra eu sair de perto da Marla pra me contar algo. Afastei-me alguns metros, fingindo ser por causa do barulho do restaurante. A amiga deu a notícia sobre o resultado dos exames que a Marla havia feito antes de viajarmos. Ninguém esperava o resultado ser um câncer em estágio avançado.

— E como o senhor deu a notícia para sua esposa?

— Voltei esbarrando nas mesas e me sentei. Ela perguntou quem era na ligação e se eu estava bem, eu disse que era minha mãe dizendo as mesmas coisas sobre termos cuidados por estarmos sozinhos noutro país, para andarmos com um papelzinho escrito o nome e endereço do hotel.

— Sua mãe... acho que ela não dura muito tempo, né? Com os problemas de saúde que ela tem, não vai muito longe – afirmou a Marla.

— É!... a vida é mesmo um fim de filme de comédia dos anos 80.

— Resolvi mudar de cadeira e me sentar ao lado da Marla. Ela falava sobre o Louvre, o Palácio de Versalles, o museu d'Orsay, o jardim das Tulherias, e como estava alegre em realizar seu sonho de adolescente. Eu não ouvia NADA, mas a via inteira. Ela chamou minha atenção, ainda assim, não consegui me concentrar. Então, ela me abraçou e declarou:

— Era a Roberta no celular, né? Não precisa falar, pelo seu comportamento sei o que é.

Ficamos alguns minutos em silêncio. Às vezes nossos lábios articulavam algum movimento, mas o peso das perguntas sem respostas apertou nossas mandíbulas como trava de freio em boca de cavalo.

– O que faremos, Marla?

– Vamos embora. Peça a conta, por favor – disse Marla, guardando os ímãs de geladeira na bolsa e se levantando.

✦ ☆ ✦

– Vocês voltaram a falar no assunto quando? – pergunta a garota da Taberna, colocando a taça de champanhe à altura da boca, sem tocar os lábios.

– Naquela noite, ao chegar no hotel, nos sentamos no saguão, pedi um café. Eu contei tudo a ela. Em seguida, no quarto, após o banho, pedimos um vinho e evitamos tocar no assunto do câncer e sobre projetos para o futuro, mesmo porque os planos para o futuro se enfiaram num saco preto debaixo da cama. Quando nossos olhares se tocavam, havia silêncio, mas logo um desviava o olhar, pois se o mantivéssemos as lágrimas desceriam como uma corredeira d'água do alto de Paris até ao rio Sena.

– Mas houve algo de bom essa noite?

– Ironicamente, sim. Falamos sobre o dia em que estávamos num parque de diversões e havia um lixo com cara de palhaço. Ela fingiu pôr o bilhete por trás deste objeto, e enfiava a mão na boca do palhaço e tirava rapidamente, sugerindo que o jogo era esse. Eu acreditei e fiz o mesmo, porém, mais rápido para ganhar, mas era apenas a boca de um lixo. Ela disse que até o palhaço-lixo deu uma gargalhada e pôs a mão na barriga de tanto rir da minha bobeira.

– Apesar das risadas, deve ter sido uma noite difícil.

– Parecia que o passado e o futuro haviam marcado uma reunião naquele quarto para resolverem seus desencontros históricos. O presente suspirava em silêncio.

– Hmm, entendo.

– Ao relembrar o dia no parque e tantas histórias, sem combinar, fizemos um acordo tácito de não dormir e ficarmos conversando, pois supúnhamos que nunca mais estaríamos juntos em Paris, nem em qualquer outra viagem. Diante das súbitas notícias e a tentativa do nosso cérebro em processar tudo, o desejo mais audacioso para o futuro era ver o sol nascer. Mas quando as luzes da Torre Eiffel se apagaram, ela se deitou, virou a cabeça e dormiu. Então desabei silenciosamente pra dentro de mim.

– Como foi a volta pro Brasil?

– Pegamos um voo às pressas. Na travessia sobre o oceano, eu não conseguia desinundar meus olhos. Após algumas horas de voo, ao passar sobre a maior e mais instável curvatura do planeta, eu jogava perguntas ao mar. Da mesma forma que eu e Marla costumávamos brincar com as metáforas: se os oceanos secassem, teríamos as respostas de todas as perguntas que ali foram parar, escoadas através dos rios em barquinhos de papel, agarrando-se no profundo das fossas abissais como âncoras. Então, em sua claridão e escuridade, a terra desafogada daria explicações. Ou, o fundo do mar, local onde as perguntas encerrariam sua jornada, seria um ponto de visitação de silêncios. Um templo de exclamações enterrado por uma montanha de NADA.

– Como a Marla sentiu-se durante a viagem?

– No horizonte, do lado esquerdo, atrás do avião, o oceano era uma grande boca desdentada engolindo a lua cheia. Do lado direito, à frente, uma tempestade se formava com linhas amarelas, rasgando a pintura acinzentada que ligava a terra ao céu. Assim, ao entrarmos numa turbulência, ela acordou e deu um grito: MARUJOS, PERGUNTAS AO MAR!

– Marla, calma! – Eu disse. Mas ela se levantou e caminhou pelo corredor, dizendo:

– Vai afundar! Corre, corre! Perguntas ao mar!

– Está tudo bem, você teve um pesadelo.

– Tudo bem?! Você teve pelo menos uma resposta das milhares perguntas que lançou ao mar? – Uma aeromoça tentou acalmá-la, outras se aproximaram. As luzes foram acessas. Marla aumentou o tom, agora aos passageiros:

– E vocês?! Quantas respostas de suas perguntas firmaram-se num toco, viajaram dentro duma garrafa, se agarraram ao barranco, ou nadaram até a praia e vieram até vocês? – Alguns passageiros começaram a se aborrecer. Ela anunciou:

– Estou com câncer terminal no coração, *cof-cof,* queria saber pelo menos uma resposta, se alguém disser, volto pro meu lugar: Quantos filhos não terei? Quantas fraldas deles não trocarei? Quantas vezes não acalentarei meus bebês inascidos ao chorarem de madrugada? *cof-cof.* Quantos mertiolates não passarei nos joelhos de meus filhos que não existirão? Quantas melancolias meu túmulo sufocará? Quantos livros não lerei e quantos poemas irão calados comigo ao túmulo? – Silêncio no avião. Ouvia-se apenas a tosse de Marla – *cof-cof- cof coof-cooof.*

– O piloto chegou para verificar o que estava acontecendo. Era um senhor de aspecto metálico, andava rangendo as articulações como num atrito ferro com ferro. Então ele declarou com uma voz metálica:

– Posso não ajudar, mas o silêncio do mar não seria o motivo de lhe fazermos tantas perguntas? – Ao dizer isso, *a luz apagou*; o sofrimento reascendeu.

Envolvi Marla em meus braços, nos sentamos no corredor, o piloto se ajoelhou e nos abraçou; choramos os três. Perguntas fluíam pelas janelas do avião como corredeiras em rios nas primeiras águas do ano.

• ☆ •

– Sinto muito... E como se seguiram as coisas? – perguntou a garota da Taberna.

– Após seis meses de inúmeros exames, consultas, morfinas insuficientes para cortar a dor, gritos, noites sem dormir, dias sem sonhar, caminhões de perguntas despejadas ao mar pelas janelas de vidro fechadas da UTI e pelos corredores abafados do hospital, a luta dela teve fim na sala de cirurgia. A minha continua.

– Como foram seus últimos momentos com a Marla? – perguntou a moça na porta da taberna.

– A psicóloga saiu da UTI e comunicou: "Sinto muito, Antônio, a equipe médica fez o que pôde, a Marla deve baixar as funções vitais até ir a óbito. O senhor quer ter os últimos momentos com sua esposa?"

– Não tenho forças para me levantar; o cadeirista pode me buscar?

– Sim, mas tente não transmitir abatimento, estamos empenhados para que a Marla tenha, dentro das circunstâncias, os melhores minutos finais, e sua presença é fundamental. O senhor entende?

– Entendo.

Ao chegar na beirada da cama, a Marla esbugalhou os olhos fundos e disse:

– Antônio, quero te pedir uma coisa.

– Peça o que quiser, meu amor – falei passando lentamente a mão em seu corpo que, apesar de magríssimo, iluminava o ambiente à meia-luz. – Moça, será que um dia alguém vai conseguir fazer o tempo parar?

– A confusão mental tem me traído, estas serão minhas últimas palavras de lucidez: após o meu sepultamento vá morar em Paris. Não queríamos morar lá, morrermos juntos e velhinhos? Disse a Marla.

– Mas sem você...

– Nós e aquela cidade somos remendados de pedaços uns dos outros. Assim, de alguma forma, você me leva. E onde você olhar, nos bares que for, na porta das igrejas, debaixo das árvores onde parar para ver as folhas caindo, estaremos juntos.

– Irei, meu amor, irei.

– Que coisa grudenta, você nunca me chamou de "meu amor". Outra coisa, por que você está triste?

– Eu queria voltar no tempo e lhe chamar assim mais vezes, só para lembrar-te que a vida perde a graça quando meu amor morre. Daqui em diante todos os meus poemas terão como título: "Todos os dias meu amor morre e nunca mais volta."

– E eu iria te chamar de "Toninho, meu amor". Agora me tira daqui e vamos pro banco da praça em Paris, onde as folhas das árvores se desprendem como silêncios da boca aberta dum poeta triste.

– Que banco? Que praça? – Entendi que a Marla voltara à confusão mental. Então, ela fechou os olhos, virou o rosto para o lado e se entregou a um sonho. Um sonho do qual nunca mais retornou.

✦ ☆ ✦

– Que triste e lindo ao mesmo tempo, senhor Antônio. E ela te incentivava a escrever? – perguntou a garota.

– Eu só escrevia para vê-la feliz ao ler meus textos. Tudo que ela contava de seu cotidiano me inspirava a criar personagens e tramas, mas artista mesmo era ela, sabia contar histórias. Marla me incentivava a lançar um livro com meus poemas, mas nunca consegui ultrapassar a barreira dos cadernos manuscritos para o livro impresso. Depois que ela morreu, não tive mais vontade de escrever. Eu trouxe alguns textos pra cá, inclusive, o poema *O sonambulista*, que li pro Doisneau às margens do Sena, é um poema que carrego no bolso. Marla dizia que era minha poesia mais autobiográfica.

– Quero ler. Mudando de assunto, como o senhor se virou por aqui?

– Tenho um casal de amigos no sul da Espanha, seus pais moram na França, eles me ajudaram com as despesas até que conseguiram uma vaga de gari na prefeitura de Paris pra mim. É a única coisa que sei fazer: andar pelos bairros, observando as pessoas e recolhendo seus lixos, é o que faço de mais poético.

– É uma atividade poética, sim. Um dia o senhor me leva junto no caminhão de lixo?

– Levo, sim, desde que vá na cabine, fede muito lá atrás.

– Fechado! Mas não me importo com o cheiro. Dizem que se encontram muitos livros que não servem mais aos antigos donos, né? Certa vez, quando eu, minha família e alguns amigos ficamos vários meses numa casa, eu tinha apenas uma boneca pra brincar e um diário para escrever.

– Apenas uma boneca, por quê?

– É uma longa história, depois te conto, nesse período, tive outra boneca, mas em forma de bolo, que acabou rapidinho, feita pra mim no dia de São Nicolau.

– E o que você fazia para se divertir?

– Como eu não tinha muito o que fazer, passava o dia escrevendo no diário, era minha melhor companhia – respondeu a moça da Taberna.

– Legal ficar tanto tempo numa casa, queria ter esse privilégio. Você estava passando férias no campo, na praia?

– Hmm, não. Eu não gostava, chamava a casa de anexo secreto da tristeza.

– Tudo bem, você irá atrás comigo no caminhão de lixo. Se você é escritora, sabe que o interior do homem fede mais que um caminhão de lixo por dentro. Agora você entende por que devo ir embora, e por que não quero escrever?

– Não se preocupe, aqui a dor da dor é traduzida em arte.

– Não tenho NADA a dizer. Retiro minhas inspirações da sujeira da cidade, e quando escrevo o último verso, queimo as folhas e jogo as cinzas no lixo.

– Não tem problema, se foram escritos estão eternos. Nalgum lugar podemos voltar ao passado, reproduzi-los e deixar para a posteridade.

— Não quero deixar NADA para posteridade. Queria somente viver mais um segundo no passado, faria desse segundo o único poema da minha vida.

— Mas você pode fazer isso.

— Desgostei dos meus escritos, nem digo que eram poesias.

— O senhor é inocente, deveria saber que toda poesia é uma forma de contar histórias, e narrativa é tudo que existe, mesmo numa única palavra.

— Inocente? Menina, você continuará assim quando descobrir que o fim dos dias é mudo? Quando o alarido da solidão retumbar em seu peito, queria saber se continuaria com esse pensamento.

— Entendo o senhor... mas você ainda não compreendeu por que veio.

— Só não estou certo se devo acreditar nisso – diz Antônio, enquanto tira uma carteira de cigarros do paletó e pede um isqueiro ao fumante da mesa ao lado. Após acender e dar a primeira tragada com os olhos semicerrados, sua voz rouca sai em meio a fumaça:

— Como vou saber se o que está dizendo é verdade?

— Está vendo aquela árvore retorcida e seca no centro da praça do outro lado da rua?

— Sim, e daí? – Antônio responde, arrastando sua cadeira, ficando de frente para a praça.

— Ela nunca para de soltar folhas, mas não é qualquer folha. Ao soltarem-se dos galhos, tornam-se palavras. – A garota se levanta da cadeira, toma uma palavra próxima ao meio-fio, trazida pelo vento, e entrega a Antônio. Ele pega e lê: FANTÁSTICO. Toma outra no pé da cadeira e lê: POESIA. Mais uma no canto da parede: MEMÓRIA. – Confuso, remexe a cabeça, dá um gole no champanhe, outra tragada no cigarro e diz: "sempre desconfiei que as árvores são contadoras de histórias".

– Vamos entrar. – A garota pega o homem pela mão. Os dois vão em direção à entrada da taberna.

Na porta está um jovem de cabeleira branca, volumosa e longa. Com um olhar perscrutante, ele tira relógios de um saco, inclusive alguns de parede, e os devora. A garota se adianta, fica de frente para o porteiro e olha pra cima:

– Sr. Tempo, ele é um dos nossos.

– Eu sei, Aninha, eu o conheço – diz o rapaz, mostrando os ponteiros de madeira, engrenagens de aço e cordas mecânicas sendo esmagados dentro da boca enquanto fala. Ele olha nos olhos do visitante e engasga com um pêndulo de ouro; em seguida, se recompõe e curva-se diante dele e da garota. Quando o visitante dá o primeiro passo, o Tempo se levanta, coloca a mão em seu peito e diz tiquetaqueando: – Meu tempo acaba aqui, mas o relógio no seu pulso fica comigo.

– Tudo bem, toma.

– Venha. Quero lhe mostrar mesa por mesa – diz a garota após abrir a porta que refletia a lua e entrar de mãos dadas com o velho poeta.

Ao darem o primeiro passo, vem um senhor e se apresenta como Velho Dru dando as boas-vindas. Com uma bandeja na mão direita, serve drinks de estranhamentos, porções de arroubos e bolinhos de desfamiliarizações. Ele faz um gesto como se fosse provar o perfume do visitante, mas, na verdade, tira seu ar. Antônio olha para o Velho Dru e diz: "acho que o conheço de algum lugar". Há uma mulher cantando no palco ao fundo, enquanto outras pessoas conversam e se divertem.

– Mesmo lotado e com pessoas em pé, por que essa mesa está vazia?

– Essa é a mesa das Inspirações Suprimidas, as cadeiras estão vazias, são de pessoas como você. Essa é a única mesa onde se reconhece o artista não por sua arte, mas pelo vazio que ele ocupa na história da poesia. Venha!

– Um minuto; esse poema na parede é meu: Frisos da vida.

– Era seu até você queimá-lo.

– Parece que os integrantes das outras mesas não interagem.

– Claro que sim, a festa acabou de começar. Inclusive, há um convidado que está em todas as mesas, os dois lugares que ele mais frequenta nesta cidade são a Catedral de Notre-Dame e aqui: a Taberna dos Poetas sem Tempo. Você precisa ver as conversas, este é o único lugar onde temos lugar no mundo. A próxima é a mesa das Transcendências Corporais, nela está a Brigitte Bardot, Jean Cocteau, e outros amigos. Ao lado, a mesa das Mentiras Verdadeiras, estes são Gustave Flaubert, Marcel Proust, Victor Hugo, Charles Baudelaire e Júlio Verne.

– As mesas estão empoeiradas, na verdade, vejo poeira pra todo lado. Ninguém limpa a taberna? – questiona o velho lixeiro, escrevendo algo com o dedo sobre o tampo do balcão empoeirado no caminho por onde passavam.

– Foi o Victor Hugo que proibiu passar pano nas mesas pra limpar a poeira.

– E aquela ali? – Antônio pergunta enquanto caminham.

– Essa é a mesa das Memórias Incontornáveis. Nela estão Claude Monet, Pierre-Auguste Renoir, Frida Kahlo, Pablo Picasso e outros. Naquele canto temos a mesa dos Observadores das Observações; aquela retocando o batom é Marie Curie. Talvez você não os reconheça porque eles preferem viajar no tempo em idades de suas vidas onde não eram conhecidos.

– Tudo bem, eu faria o mesmo, alguns reconheço.

– Senta aí, vamos tomar uma e trocar umas ideias! – diz Modigliani ao Antônio.

– Não, Modi! Ele nega a própria poesia, não pode sentar. Vamos, quero te mostrar um pessoal que o senhor vai gostar.

– Já gostei de tudo! – Enquanto a moça o conduz, Antônio olha pra trás e dá uma piscadinha ao

Modigliani, como que dizendo: "daqui a pouco eu volto". Modigliani retribui o aceno.

– Seja bem-vindo à mesa dos Telescópios Introspectivos! Estes são Albert Camus, Jean-Paul Sartre, Simone de Beauvoir e Jean-Jacques Rousseau. Aqui é o lugar onde se pergunta uma resposta e te respondem várias perguntas.

– Quero ficar aqui!

– Não, senhor! Você não gosta dos escritos deles. Circulando, circulando. Ao lado do bar, é a mesa do Verbo Substantivo. Os que tomam vinho e fumam charuto são Blaise Pascal e Chesterton, as risadas desta mesa contagiam toda a taberna.

– E no palco? Não vai me dizer que é a Édith Piaf?

– Exatamente! Ao lado do palco está a mesa Ponte para Todos os Mundos, composta por músicos e cantores.

– Sempre sonhei com um bar assim, vou trazer um amigo depois.

– Não pode! O que acontece na Taberna fica na Taberna. Você poderia vir sempre, mas, como queima seus poemas, essa é sua única visita.

– Queria tanto acreditar que alguma coisa faz sentido... Espera! Conheço aquele ali, é o Martin Luh! Hei, Martin, o que faz aqui, quanto tempo, meu amigo!

– Fala, Antônio, seja bem-vindo. O último de seus poemas que corrigi foi "A morte da poesia", o que você tem escrito?

– Pera um pouco! Vocês se conhecem de onde? – pergunta a garota fingindo não saber o que se passa.

– Estudamos juntos no Brasil, ele também escreve. Ele é o único frequentador da Taberna que conhece meus escritos, aliás, o Martin e a Marla eram meus únicos leitores.

– Eram não, meu caro, sempre seremos – disse o Martin Luh.

– Como eu queria que tudo isso fosse real.

– Real?! Não, meu querido, a ficção é o núcleo do real, e não o contrário. Outra coisa, "imagem" e "imaginação" têm o mesmo radical, desta forma, imaginação é o ato ou o efeito do movimento da imagem.

– Estou a ponto de me convencer disso. O fato de queimar os escritos e jogar as cinzas ao vento é um ato poético, não é?

– Isso! Está começando a compreender por que veio, mas você precisa ir, passaram-se três dias lá fora, seus colegas de trabalho devem estar preocupados com seu sumiço.

– Três dias?! O que vou dizer a eles?

– Hmm, sendo você um poeta, diga a verdade, é a única forma de não acreditarem.

– Ok, farei isso, mas queria te pedir algo antes de ir embora.

– Claro, o que é?

– Um abraço.

– Por que não? – Eles se abraçam diante do palco.

Piaf interrompe a música. Richard Clayderman baixa a tampa do piano. Do Balcão dos Protagonistas Ocultos, Robert Doisneau pede um minuto a Roman Polanski e tira uma foto da garota e do escritor abraçados na pista de dança. Todos se levantam e se aproximam. Clarice Lispector, Manoel de Barros, Anita Malfatti, Monteiro Lobato e Guimarães Rosa abraçam o Antônio e lhe dão boas-vindas. Aplausos e lágrimas. Esse é o único momento em que se aplaude na taberna. Então Jorge Luis Borges se aproxima e pergunta: *Você acredita que o passado afeta o futuro, nunca pensou que o futuro altera o passado?*

Antônio fica mais uma hora na Taberna dos Poetas sem Tempo, enquanto lá fora se passaram mais quatro dias. Depois de despedirem-se do Antônio, ele e a moça caminham até a saída de mãos dadas e passam diante de um espelho. De canto de olho, eles veem suas imagens no reflexo: ele rejuvenesceu. Saindo do banheiro, vem ao seu encontro Vinicius de Moraes, que, após enxugar as mãos na camisa, pega seu copo de whisky em cima da mesa de sinuca e diz:

– Poetinha, pouco interessa ficar pra posteridade, importa virar a página e criar boas memórias. E pra nunca mais você se esquecer disso, uma amiga vai lhe dar algo.

– Amiga?

– Cora... Coriiinha... Coriiita? Coraliiinaaa?! – disse Vinícius de Moraes, aumentando o tom, enquanto canta o nome de Cora Coralina.

— Sim, Vinicius, desculpa a demora, estava distraída mexendo a colher no tacho para não empelotar o doce de leite – afirmou Cora Coralina.

— Venha cá, minha rainha, cadê aquele docinho que só você faz? Gostaria de presentear nosso convidado.

Em seguida, Cora Coralina toma as mãos de Antônio, entrega um potinho de doce de laranja e passas de caju. Então, a cozinheira de versos fecha suas mãos sobre as dele e diz:

— Olha, meu filho, foram feitos na Casa da Ponte, leva pra sua amada.

◆ ☆ ◆

O Velho Dru se aproxima para abrir a porta. Antônio o abraça e diz: "Agora o reconheço, obrigado pela pergunta e pelo abraço no avião aquele dia". Nesse momento, ele percebe que do corpo metálico do Velho Dru esvoaça um pó torto e brilhante. Na saída, eles têm de dar passagem para um garoto de blusa vermelha que esperava para entrar. Antônio e o garoto se olham e se reconhecem, então balançam a cabeça um para o outro.

Antônio procura o porteiro comedor de relógios para se despedir, mas não o encontra. Fora da Taberna, com um pé na calçada e outro na rua, mantém o paletó dobrado sobre o braço esquerdo e olha em direção à árvore seca. Dela cai uma chuva de palavras, gerando uma enxurrada de narrativas que inunda a praça e flui pelos bueiros.

– Desculpe não perguntar antes, mas... qual é o seu nome?

– Meu nome é Anne Frank. Agora me dá licença, tenho que receber mais uma Poeta sem Tempo que veio de longe; ali está ela, de mãos dadas com uma criança! – Anne Frank aponta na direção da praça, onde havia alguém recostada na árvore. Ao vê-los, a mulher corre na direção de Antônio e diz:

– Toninho, meu amor!

FESTA LITERÁRIA INTERPLANETÁRIA DOS CORCUNDAS

E se reduziu a pó.
(Victor Hugo, *O Corcunda de Notre Dame*)

—☆

– ?emad-erton ed adnucroc
– Oh, meu filho, você continua dizendo esse nome ao contrário? A médica não disse que fantasia é uma coisa e realidade é outra? – pergunta a mãe do garoto.
– Mãe, dá certo, sim.
– Isso é clichê, filho, nem em ficção funciona mais.
– Mas o que os adultos não entendem, mãe, é que as suas realidades são histórias que já aconteceram na fantasia dos outros – diz o garoto, ao passar a mão numa cadeira, esfregando os dedos uns nos outros. Enquanto o pó cai, ele pensa: "engraçado, parece que esse pó é torto".

– Tá bom, meu filho, eu acredito.

– Acredita mesmo, mamãe?

– Claro, meu filho, sua própria vida é inacreditável.

– Então, mamãe, eu sei que estou morrendo! Apenas fingi que estava ainda sob efeito da anestesia na última cirurgia que fiz no estômago, mas eu ouvi a médica falar que eu teria poucos dias de vida. Esta é minha última chance de conhecer o Corcunda.

– Meu filho... diz a mãe enchendo os olhos de lágrimas, se escorregando nas palavras em pensamento, sem conseguir se agarrar em nenhuma.

– Mãe. Não se preocupe, estou pronto.

– Eu não queria que você soubesse disso, muito menos de uma forma tão fria e impessoal – disse a mãe, levando as costas de uma das mãos aos olhos para limpar as lágrimas. Podemos voltar aqui todos os dias, quantas vezes você quiser, até seu último... – A mãe interrompeu a fala, pois não queria falar "último dia". E continuou, para disfarçar o choro e a tristeza – Não vamos demorar, porque seu pai estará na porta em uma hora, e você sabe como ele odeia atrasos – diz a mãe, passando a mão, delicadamente, no rosto do filho.

– ?emad-erton ed adnucroc, baixinho posso falar, mamãe?

– Baixinho pode, Caio, mas lembra que estamos na Catedral do Notre-Dame, basta uma tosse sua para atrapalhar a missa. – E continuam a caminhar pelo corredor que circunda o grande auditório da catedral.

– Todo poeta é corcunda.

– Oi? Mãe, é a senhora? – pergunta o garoto, tirando o olhar da poeira no feixe de luz refletido dos vitrais.

– Psiiu, eles estão rezando! – diz a mãe.

– Todo poeta é corcunda! – ecoa a voz, desta vez mais forte, vindo de todos os lados, mas somente o garoto ouve.

Em meio a tantos visitantes e peregrinos, aproveitando que sua mãe se distanciou alguns metros, Caio caminha rumo à Sala dos Tesouros e vai em direção a uma porta na quarta parede, ao fundo, que dá acesso a uma escada. Ao lado da porta está uma estátua que se apresenta como Velho Dru.

– Velho Dru?! Já nos conhecemos de algum lugar, né?

– Sim, filho, o café estava bom?

– Divino! O que o senhor está fazendo aqui?

– Antes de perguntar aos outros o que elas fazem, já se perguntou por que você vai nos lugares que vai?

– Sim, mas nem sempre tenho essa resposta.

– Ok, filho, depois a gente conversa. O Corcunda de Notre-Dame e os convidados da 3ª *Festa Literária Interplanetária dos Corcundas* estão aguardando você lá em cima – diz o Velho Dru, abrindo a porta na quarta parede indicando o caminho.

– Está muito escuro, onde dá essa porta?

– Primeiro entre; depois entenda, se necessário.

– Mas o senhor vai comigo? – pergunta Caio, ao dar o primeiro passo.

– De agora em diante, minhas amigas, Claridão e Escuridade, o acompanharão. Minha função é apenas abrir as portas.

– Tudo bem, acho que entendo o fato de eu não entender – responde Caio ao subir o segundo degrau, seguindo o pó iluminado das candeias de querosene.

– Não tenha medo – diz a Escuridade por meio da penumbra.

– Seja assombrado – diz a Claridão através das sombras.

– Estranho! Vocês são familiares pra mim – diz Caio, observando cada detalhe prendendo-se a NADA.

– Elas permeiam toda a humanidade, sem elas NADA do que foi feito se faria. Mas poucos as reconhecem – disse o pó.

– Elas quem? Quem é você? – Caio pergunta sem saber para onde olhar, fixando os olhos num espelho embaçado nas costas da quarta parede.

– Refiro-me à Claridão e à Escuridade. Sobre mim, antes de virar pó, esse era um questionamento que eu me fazia.

– Quasímodo?!

– Ah, sim, desculpa, sou o Quasímodo, o Corcunda de Notre-Dame. Sou o pó torto dessa igreja. Revisto cada canto e mobília deste lugar. Eu e a catedral somos um. As paredes, os tetos e os porões respiram, conversam e contam histórias ao soltarem pó também.

– Corcunda, que alegria te ver! – disse Caio se encurvando de dor no estômago.

— Em alma e pó, muito prazer.

— Você fica sempre aqui?

— Sim e não! Uma parte minha sempre fica, a outra sempre vai. Nunca estou completo, mas o tempo todo sou íntegro. Talvez o que me torna inteiro em tudo o que faço seja o fato de ser dividido em inúmeras partes.

— E o que você mais gosta de fazer?

— Gosto de passear pela cidade. Vou muito ao rio Sena, até tomo banho no rio às vezes. Mas, como sou guardião da beleza nesse templo, moro aqui. E à medida que o prédio envelhece e solta pó de sua alvenaria, me torno essa igreja e ela se torna eu. Assim, os sussurros e o vento é o vínculo que me une aos visitantes e ao prédio.

— Mas você morreu ou não? *Cof-cof.*

— Depende.

— Depende? — Caio toca levemente a própria cabeça, fazendo voar uma poeira torta de seus cabelos.

— Morri como homem fantasioso, mas como personagem real permaneço. Lembra do último trecho da minha história em Victor Hugo?

— Claro, até decorei, quer ver?

— Sim, eu ficaria feliz em ouvir.

— Ok, no fim diz... hmm, espera, deixa eu lembrar o início, depois fica fácil — diz Caio raspando a garganta.

— Quando estiver pronto...

— *Encontraram, entre tantas carcaças horríveis, dois esqueletos que chamavam a atenção,* hmm... deixa eu lembrar, pois um curiosamente abraçava o outro, cof-cof. Num dos esqueletos, o de mulher, restavam ainda alguns farrapos de um vestido que um dia foi branco. O outro, que estreitava o primeiro nos braços, era um esqueleto de homem. Podia-se ver que tinha a coluna vertebral com forte desvio, a cabeça hmm, pera... enfiada entre as omoplatas e uma perna mais curta que a outra. Não apresentava, além disso, ruptura de vértebra na nuca, evidenciando que não fora enforcado. O homem a quem aqueles ossos haviam pertencido, então, viera até ali, e ali morrera. Quando quiseram separá-lo do esqueleto que ele enlaçava, ele se reduziu a pó. Cof-cof-cof!

– Bravo, bravo! E aqui estou: absurda e absolutamente Pó! – Portas batem numa sincronia de aplausos: *clap, clap, clap, clap!* – Vem cá, garoto, deixa eu te dar um copo com água.

– Aceito. Exigi muito da minha garganta para recitar.

– Mudando de assunto, essa semana tiramos uma foto juntos, e você nem percebeu minha presença. – Um redemoinho de pó se levanta formando duas mãos, então elas entregam um copo de água ao Caio.

– Onde?! – pergunta Caio entre um gole e outro.

– Nas margens do rio Sena, lembra que o Robert Doisneau te fotografou?

– Aquele que fotografa pessoas comuns em atividades corriqueiras?

– Isso. Nesse dia ele também tirou foto de um poeta brasileiro. Ouvi a conversa entre eles, esse poeta trabalha na prefeitura no caminhão de lixo. Porém, Doisneau fotografa somente quem viaja no tempo.

Em seguida, tateando pela parede úmida e porosa, conduzido pelo Quasímodo, Caio sobe as escadas em meio ao cheiro de mofo e fumaça.

– Venha, vou te levar até umas amigas – diz Quasímodo, e continua: – Você está com medo?

– Não, esperei a vida toda por esse dia.

– Desde que Victor Hugo me criou, conta-se uma história na qual todos que chamam meu nome ao contrário e recitam o fim do livro, onde sou protagonista, visitam Corcundópolis.

– Por isso estou aqui? Seria um sonho conhecer a cidade dos corcundas.

– Qualquer ínfimo sonho é mais real que a soma de todas as realidades não imaginadas. Anda, anda, vai começar, a lua não espera!

– Começar o quê? – pergunta Caio, firmando o pé esquerdo no próximo degrau.

– A 3ª *Festa Literária Interplanetária dos Corcundas*. Acontece de 100 em 100 anos durante uma semana lunar, você é nosso convidado de honra.

– Tipo um congresso? Daqueles em que as pessoas falam com microfone?

– Não. Não há microfones nem megafones, são percepções apenas. Fique atento, saberá quando alguém falar. Aos poucos, aprenderá a dialogar com a harmonia das muitas vozes.

– Sinto uma dor muito forte nas costas, o que é isso? *cof-cof.*

– A dor vai para o estômago?

– Não sei se começa no estômago e vai para as costas, ou começa nas costas e desce para o estômago.

– Começa no estômago, por isso, o acorcundamento é inevitável.

– O que faço agora?

– Nada. As dores são dragões que, se não saírem do estômago e voarem para a fantasia, viram lagartas que vão te comer por dentro. Em nosso congresso, os convidados aprendem a brigar com os dragões nas funduras do estômago e fazê-los voar para fora de si.

– Sinto cheiro de flor, de onde vem? – pergunta Caio, olhando através da varanda no segundo andar, vendo a lua cheia transbordando os limites da Catedral. Sem saber se era ilusão de ótica, devido ao ponto de vista, ou se de fato a escadaria dava para a lua. Caio sobe degrau por degrau.

– Dos seus olhos.

– O quê?! *cof-cof.*

– Você não perguntou de onde vem o cheiro de flor? Então. Não vem dos olhos, exatamente, mas dos lugares para onde você direciona a retina e de onde retira significados.

– Hmm, acho que estou entendendo.

– É o que chamamos aqui de corpo do olhar. Não é um corpo de esqueleto e carne, refiro-me aos elementos que compõem a maneira como os poetas olham, esse é o porquê de você estar aqui. Talvez você nunca tenha notado, mas os lugares que olhamos sem pressa exalam aroma de tulherias.

– Mas o cheiro não tem fim?

– Exala o tempo em que o corpo do olhar estiver dançando. Mas lembre-se: pólen e pó não são antagônicos, mas complementares; o primeiro é efêmero; o segundo, infinito. Os dois são belos. Portanto, antes de entrar, saiba que o contrário da beleza não é o feio, mas a insensibilidade.

– Eu sinto o que você fala, mas não entendo muito bem. Você poderia me explicar melhor o que é o feio? – pergunta o garoto buscando uma resposta para algo que nunca houvera entendido: com quais critérios as pessoas julgavam o feio.

– Feio é não ter um olhar bonito.

O vento abre a porta para Quasímodo e Caio.

– Essas são minhas amigas, as gárgulas. Você as acha feias?

– Oi! Qual seu nome? – retumba uma voz grave de uma escultura grotesca.

– Oi! Meu nome é Caio Crisálida, mas pode me chamar apenas do primeiro nome.

– Podemos tratá-lo por Crisálida? Gosto mais.

– Tudo bem, eu também gosto, *cof-cof.*

– Seja bem-vindo – ressoa a voz da outra gárgula, desta vez leve como uma sonata para violino solo. De cima de uma rocha, a gárgula voa, movimentando seu corpo e asas de concreto, aproximando-se do garoto.

– Não consigo achá-las feias – diz Caio, trocando respiros nariz a nariz com uma das gárgulas.

– Hahaha! – A risada vem num trovão, seguida da resposta: – Não se culpe por não ver feiura em nós, você não está aqui por acaso.

– Como vocês se chamam? – pergunta Caio, tocando o rosto de uma com a mão esquerda, e com a direita retirando a blusa vermelha.

– Honti e Ôge – elas respondem quase ao mesmo tempo. Em seguida, Honti dá um passo à frente e continua: – Parecem nomes estranhos, mas, à medida que nos conhecer, achará bonito e a delimitação dos nomes se perderá no espaço-tempo.

– Posso vestir sua blusa? – pergunta Ôge, antes de Honti pedir também.

– Claro, se servir pra você.

Então, Ôge, o mestre de cerimônias, para chamar a atenção dos convidados, bate a ponta de uma de suas asas no parapeito do pináculo do templo, e inicia o evento:

– Declaro aberta a *Festa Literária Interplanetária dos Corcundas*. Ao leitor que acabou de chegar, seja bem-vindo! Quem não perde tempo perde espanto. Aqui ouvimos o que vai além do que se articula pelo aparelho fonador. Lerei a carta que nosso presidente, o Quasímodo, escreveu para a abertura do congresso:

Caros corcundas,

É com cisco nos olhos de furacão que vos recebo na terceira FLICOR: Festa Literária Internaplanetária dos Corcundas. Nossa festa literária acontece de 100 em 100 anos, o tema desta vez é: *Corcundas e outras belezas*. Este ano abordaremos a absoluta abrangência da beleza e o relativo paradoxo do ritmo no âmago da disritmia. A Terra está soterrada em afobação, perdeu a referência do belo. Não digo a beleza dos padrões, mas da essência, das contradições, do sublime e do grotesco, da harmonia fina do universo no aparente descontrole de tudo. Sou o pó desta catedral, somos o pó do mundo!

Esmeralda, minha doce corcunda, razão pela qual vibra cada partícula de pó do meu corpo, morreu porque cometeu o crime de dançar por meio de um espírito belo. Meu criador, Victor Hugo, ao me escrever, usou do feio comezinho para que eu representasse o amor que não pode ser enterrado. Contudo, paira no ar uma questão: a poesia é universal porque a crescente desgraça local não tem fim?

Saibam, corcundas escrevem somente para corcundas. Vocês são naturais de Corcundópolis, apesar de virem de todas as partes do mundo. Sigam sendo a poeira por onde a feiura da humanidade passa e pisa. O mundo, inconscientemente, clama pela manifestação de vocês: os filhos da beleza. Nunca raspem e cuspam o pó da garganta. Impossível engolir seco, as lágrimas não deixam vocês morrerem engasgados.

Recorrentemente, vocês irão cair de joelhos em meio à multidão de dorsos inquebrantáveis e dedos incisivos. Não são as palavras bonitas, mas a conexão com a sensibilidade que os torna deformadamente belos.

Todos os dias, sou varrido da Catedral e jogado no lixo, mas o vento me traz de volta e pelo caminho cantamos. Falam por aí que eu deveria levantar poeira e me refugiar nos campos, mas, ainda que eu não me impregnasse à Catedral, o pó brotaria da igreja e dos milhões de corpos vivos em decomposição que afluem para cá todos os anos.

Dizem que somos de mentira, mas a única mentira que contamos é dizer que eles são de verdade e nós somos feitos de matéria ficcional. Enfim, apesar da honra de eu ter sido eleito o Rei dos Bobos, qualquer um de vocês poderia ocupar o trono com maior competência que eu. Ah, uma excelente notícia: os próximos congressos serão no Brasil, e não mais uma vez por século, mas em todos os anos. Aproveitem!

Acorcundadamente,
Quasímodo.

• ☆ •

Ao término da leitura, ao mesmo tempo em que se levanta uma névoa, retumba um silêncio em ressonância às palavras do Corcunda. Caio, agachando-se num canto, não aguenta e diz:

– Ai! A dor está aumentando, e agora está no peito!

O pó revolve-se num redemoinho. Um relâmpago diz em meio a um estralo seguido dum clarão:

– A princípio meu nome não era Frankenstein, esse é o nome do Victor Frankenstein, o médico que me formou por meio de um raio. Naquela noite de tempestade e agitação da natureza, o doutor disse que meus dias naquele corpo reconstruído de peças mal encaixadas não viveria para sempre: "da luz vieste, à luz voltarás", e assim foi o oitavo dia, me tornei luz e viu Victor que isso era bom. As pessoas fogem de minha presença, não porque me acham feio, é porque ilumino. Minhas chagas são minha luz, incido luz onde poucos olham. Aqueles que não têm um olhar belo não conseguem iluminar com um milhão de velas o que ilumino com a fagulha dum raio. Algumas pessoas vão aos morros para me ver clarear o céu e cobrir as casas como um cobertor cobre um corpo nu. Outro dia avisei do perigo que eles correm: se vocês querem me ver de perto, têm de estar preparados para se tornarem fachos de luz na escuridão da cidade. Tentarão apagá-los, pois vocês levarão minha descarga elétrica onde o corpo de seus olhares se debruçarem.

✦ ☆ ✦

"Toc-toc-toc". Alguém bate na porta do banheiro. Os presentes se olham, a criatura de Frankenstein se recolhe apagando as luzes das tochas. Toc-Toc-TOC!

Caio se levanta, caminha até ao banheiro e abre a porta. Um cheiro de fossa cheia e aberta invade o ambiente. Ninguém leva a mão ao nariz, eles sentem o odor, mas não se importam. Caio faz um movimento dando passagem ao próximo orador, o Shrek. Ele escorre pelo piso, sobe e esparrama-se numa mureta de concreto e começa o discurso:

– Desculpem. Ainda não me acostumei a sair dos esgotos, passar pela privada e abrir a porta, ainda mais a essa distância da minha casa. Depois que fiz o último filme, voltei pra casa e me tornei aquilo que mais fede nas pessoas, o que elas expelem diariamente no banheiro. Enquanto estou dentro de seus corpos, tenho espaço e voz, mas, depois que me expulsam, sou tratado com repugnância até pela pessoa de onde saí. A humanidade finge não saber, mas sou parte dela. Ainda que sintam nojo de mim, tenho mais valor e dignidade que muitos que se julgam superiores. Eu sei quando eles ficam remordidos por dentro, fazendo carinha que está tudo bem, mas, em seus íntimos, há várias bocas cheias de dentes que os comem por dentro, e depois, enviam os seus restos para mim. Na verdade, eu sou o todo, meu resto é que são eles! E na madrugada, quando estão dormindo, os dentes dessas bocas rangem uns nos outros e fazem um barulho que acorda os corpos que os aprisionam. Então sugerem mil falas mordazes nas mentes de seus donos, pois as palavras querem livrar-se desses corpos, e farão algazarra até saírem aos poucos durante o dia.

♦ ☆ ♦

O próximo palestrante é a Fera, ela entra pulando a janela.

– Oi, Fera! Cadê a Bela? – pergunta Shrek, depois de se abraçarem.

– Ficou em casa, talvez apareça mais tarde.

Quando a Fera pede silêncio para iniciar sua fala, Caio, não aguentando a dor, deita-se. Inexplicavelmente a dor se vai. Ele abraça o chão como se estivesse parando a órbita da terra e o tempo. O garoto balbucia algo ininteligível, se ajoelha e cai nos braços do Corcunda, que o acolhe e diz: "Seja bem-vindo a Corcundópolis, filho!"

Ao ouvir isso, Caio diz aos balbucios ao ouvido de Quasímodo: "'eu ac... eu ac... eu acre... eu acredito em Deus'". E fecha os olhos. Honti arqueia suas asas e voa para além dos limites da Lua, Ôge para. Pela face da Fera escorrem lágrimas. Shrek tampa o rosto com as mãos. Frankenstein fecha os olhos escurecendo o ambiente. Quasímodo leva o corpo do pequeno Caio de volta a porta por onde ele havia entrado na Catedral. O Velho Dru se encarrega de levá-lo até ao altar da Catedral.

A mãe do pequeno Caio Crisálida sobe no altar, grita, grita, grita e sacode o corpo do garoto. Não obtém resposta. Segundos depois, fica calada ao lado do filho por várias horas. Finalmente, a mãe do pequeno Caio coloca tulherias, que colhera no jardim da Catedral, sobre o peito do filho e beija sua testa. Neste momento ele virá pó. Então, uma ventania entra pelas portas e janelas da igreja, revolve o corpo-pó e sepulta-o no ar da Catedral de Notre-Dame.

    Sustentado pela esposa, o pai do Caio diz: "meu filho, me perdoa, vou te dar a biblioteca que você tanto queria, e também vamos criar sapos na sacada do nosso apartamento. Volta, filho, volta, filho, diz que me perdoa". Ao passarem pela porta que fica na parede de frente à quarta parede, a mãe de Caio ouve uma voz ao som de uma lira: "!odnum o arap sadnucroc sod airòtsih a etnoc".

A MORTE DA ÚLTIMA CONTADORA DE HISTÓRIAS

O leitor ideal é, para um livro, a promessa da ressurreição.
(Alberto Manguel,
Notas para definição do leitor ideal)

"É com pesar que comunicamos o falecimento da última água-viva-contadora-de-histórias do mundo. Não haverá velório nem sepultamento porque o corpo não foi encontrado", anunciava o carro do som pelas ruas dos vilarejos próximos onde ocorrera o crime e às margens das praias onde a vítima vivera seus últimos anos.

Nos cafés, praças, igrejas, peladas de futebol e nas casas, não se falava noutra coisa. Todos souberam que a água-viva fora assassinada, porém os autores do crime e o que motivou o ato hediondo permaneciam desconhecidos. Um velho escritor que vivia à beira-mar, presidente da Sociedade Protetora da Última Água-Viva, prestou depoimento à polícia e afirmou que os assassinos se disfarçaram de mar, mas na verdade eram um balde com água. Eles entraram no oceano, aproveitando-se da luminosidade da lua cheia, atraíram-na como se estivessem com sede de ouvir histórias e a colocaram no balde. Trouxeram-na para a terra, picaram seus tentáculos e arpões em milhares de pedaços, enviando suas partes para todas a vilas e cidades às margens do Mediterrâneo.

O velho escritor disse também que ainda teria declarações importantes a fazer no próximo depoimento. Porém, com quase cem anos de idade, deu entrada no hospital por ter sofrido um infarto e acabou morrendo. Ele deixou um bilhete dizendo que gostaria que seu velório fosse junto com a última água-viva-contadora-de-histórias.

Contudo, duas questões deixaram o povo, a polícia e a funerária sem saber o que fazer. Primeiro, o corpo da água-viva não foi encontrado. Depois, se fosse verdade que o cadáver foi espalhado pelo Mediterrâneo, em algumas horas já teria tomado o caminho dos oceanos, espalhando-se pelo mundo. E finalmente, o velho que escrevera boas histórias durante toda a vida não deixou escrito sobre onde queria ser sepultado. Normalmente, cartas assim, de acordo com o delegado, dizem onde e como querem ser enterrados, mas nunca com quem querem ser velados.

Inúmeras hipóteses foram levantadas. A mais falada era que o escritor seria o assassino, pois havia boatos na vila dando conta que ele era alquimista e fazia parte de uma ordem mística. E no ritual da seita, para alcançar o grau máximo na comunidade e ser lido em todo o mundo, exigia-se o sacrifício do último exemplar de alguma espécie em extinção. Assim, a sociedade protetora era apenas uma cortina de fumaça para atrair a vítima e enganar a sociedade dos leitores.

– Quem poderia contribuir com as investigações? – perguntou a escrivã Semildes.

– Outros escritores – retrucou sagazmente o delegado, em fim de carreira, Analfo Berto Funcionaldo Medeiros.

Então, uma comitiva foi nomeada pelo prefeito do distrito responsável pelos povoados da região para encontrar os escritores e colocá-los à disposição do delegado. Descobriram que o escritor morto era o último escritor.

– Não é possível! – protestou o juiz. – Façam buscas em suas casas; certamente encontrarão vestígios de algo que corrobore com as investigações e com a hipótese de que o escritor é o facínora – vociferou o delegado.

Três dias depois, os investigadores trouxeram o relatório: "Vossa senhoria, vasculhamos as casas de todos os escritores, encontramos foi NADA, inclusive, há anos eles se mudaram, outros morreram, e ninguém notou suas ausências, nem os vizinhos. A única coisa que recolhemos foram seus livros, contudo, ninguém entende uma frase sequer, apesar de estarem escritos em nossa língua".

– Se não há escritores, temos leitores! Descubram quem são os leitores da região e tragam-os aqui, ainda hoje! – asseverou Analfo Berto Funcionaldo.

– Vai ser mais difícil encontrar leitores do que escritores – declarou o araponga Yuri Karai Castro, com um saquinho de amendoim nas mãos.

– Por acaso você é leitor, Karai?! – perguntou rispidamente Analfo Berto Funcionaldo.

– Não senhor, inclusive, nunca conheci um, mas ouvi falar que leitores existem – respondeu Karai, murchando-se na cadeira.

– Então sai da minha frente e vai trabalhar, Karai! De uns tempos pra cá você anda muito molenga e não tem obedecido meus comandos, mas talvez a culpa seja minha, já fui mais durão!

– Sim, senhor, farei o que estiver ao meu alcance – consentiu Karai. Ao sair cabisbaixo, jogou o saco de amendoim cheio no lixo atrás da porta.

Dois dias se passaram e o araponga não apareceu.

Como a escrivã raramente exercia sua função, o delegado a chamou e disse:

– Semildes, vai na casa do Karai e veja o que está acontecendo. Além de não trabalhar, agora não atende o telefone.

– Sim, senhor.

Em seguida, o araponga bate levemente à porta.

– Acho que é ele – suspeitou a escrivã, olhando através do vidro fosco.

– Entra, Karai.

– Senhor delegado, tenho boas notícias! Dos últimos três leitores que havia entre nós, um morreu, o velho escritor, como sabemos. Mas ficaram o coveiro Viomar Terra e o lunático Marco Rios. O último, depois da morte da água-viva-contadora-de-histórias, deu de falar que tem se encontrado com a água-viva na lua, disse também que em alguns dias levará para a superfície lunar a estátua do velho poeta que fica no pátio do Colégio.

– Mas acabei de receber a notícia de que a estátua foi roubada!

– Que importa isso, senhor Analfo? Uma estátua velha de um velho poeta, que o ladrão a faça de poleiro de pombos em sua casa. O que interessa é que estamos próximos de desvendar o mistério da morte da água-viva!

– Você tem razão, até que enfim um bom trabalho, Karai. Traga o coveiro!

– Ele veio com a gente. Não foi difícil achar o meliante, pois, desde que a água-viva morreu, ele não sai da praia e fica estático olhando para o mar, declararam testemunhas. Ele está esperando o senhor na recepção.

– Pois faça-o entrar, Karai!

– O senhor me chamou? – indagou Viomar, após ser conduzido até sala de interrogatório.

— Sim, sente-se. Você é leitor?

— Sim, senhor.

— Entendes o que lês?

— Às vezes.

— Que tipo de livros o senhor gosta?

— O que eu mais gostava era ouvir as histórias da última água-viva, eu e o velho escritor costumávamos ir à Prainha da Lua só pra ouvir histórias.

— Mas isso não é livro.

— Com todo respeito, vossa senhoria, aí é que o senhor se engana. Histórias não foram feitas para serem lidas, mas para serem representadas e ouvidas.

— Cidadão, o negócio comigo é preto no branco, no pé da letra. Ou você contribui com as investigações ou irei prendê-lo como suspeito do assassinato, tá entendendo?!

— Perfeitamente, senhor Analfo Berto Funcionaldo.

— Ótimo, prossigamos. O que o senhor tem a dizer sobre a vítima?

— A morta dizia pra mim, pro velho escritor e pro Rios, que ela não podia morrer.

— Karai?!?

— Sim, senhor! – responde a araponga, entrando devagar na sala, limpando o suor com a manga da camisa.

— Pode levar o depoente. A próxima vez que esse coveiro vai me ver, será quando eu estiver no caixão. Até lá, tudo que ele tem a contribuir com a sociedade é NADA, senão enterrar mortos.

– O senhor vai ouvir o lunático?

– Não, não vou ficar tocando tambor pra doido dançar, o caso está encerrado!

– Pensando bem, desde o início eu vi que isso ia dar em NADA, o senhor está coberto de razão. Afinal, quem se importa com uma Água-Viva-Contadora-de-Histórias?

– É... pelo jeito se importa com isso somente quem não tem o que fazer. Tenha uma boa noite de repouso, Karai, amanhã temos muito trabalho.

Naquela noite, na Prainha da Lua, se reuniram o Viomar e o Marco Rios. Esse era o lugar onde eles ficavam em todas as luas cheias do mês com o velho escritor e a água-viva.

– Viomar! Alguns meses antes de morrer o velho escritor deixou uma carta comigo e pediu para enterrar ela aqui e após sua morte, desenterrá-la e ler pra nós.

– Desenterre e leia, doido!, ordenou o coveiro estendendo a pá na direção do Rios.

– Começa assim – disse o Rios, raspando a garganta e empostando a voz, após desenterrar a carta, bater a terra, abrir a embalagem e, finalmente, desdobrar o papel.

"Amigos leitores,

Esta carta é meu último escrito. De hoje até o dia da morte da Última Água-Viva, a humanidade ficará sem qualquer escrito novo. Por outro lado, vocês têm memórias, imaginação, a lua, o mar e a linha do horizonte, sei que não ficarão sozinhos. Desvendarei o crime, mas antes quero me dirigir a cada um de vocês.

Caro coveiro, Viomar! A essa altura estou debaixo de sete palmos, você foi a última pessoa que me viu, fico imaginando quantos você não acomodou debaixo da terra. Entendo quando dizia que as pessoas não o compreenderiam se falasse que exerce sua profissão com amor e, quando demora para morrer alguém, se sente improdutivo e, de uma certa forma, morto. Vejo você sorrindo por dentro enquanto jogava terra na minha cara, afinal, não entra morto nesse cemitério há mais de dois anos. Uma pena você não ter morrido antes de mim, queria ver quem iria se prontificar para preparar seu túmulo e te enterrar. Você é um dos últimos leitores da região, sabe quando um autor quer plantar informações na história para que façam sentido no fim. Por isso te pergunto: quem sabe eu não seja personagem de outro autor, e ele quis que eu morresse porque seria melhor para a trama? Espere o fim desta história, caríssimo coveiro.

Meu companheiro de viagens literárias, Marco Rios! Quanta honra ter você como um de meus dois leitores, aliás, três, a morta também lia. Já conversamos isso antes, mas repito: as pessoas o terem por louco é sinal de sua própria lucidez, afinal, como poderiam lhe considerar são enquanto veem o mundo como um lugar saudável? Você não é o que eles dizem, apesar de você não se importar em tê-lo por doido. Não é a supervalorização da imaginação que enlouquece, mas querer que a razão dissociada da fantasia dê conta de todas as perguntas, essa, sim, confunde a mente que busca racionalizar o inexplicável e o misterioso. E não admitindo o assombro da vida, constroem um intrincado edifício de argumentos para responder todas as questões. Mas, na primeira tempestade de contradições e descompasso entre o seu pensamento e a realidade, tudo se desmantela. Os verdadeiros loucos falam muito e ouvem mal. Você, ao contrário, das ocasiões em que mais lhe ouvi foram as vezes em que você veio para nossas leituras cheio de silêncios e dúvidas. O louco não se convence de NADA, tampouco se questiona, nunca pergunta, apenas fala. Não deixe de ir à lua, mas, sobretudo, sempre volte de lá, pessoas como você são o equilíbrio da terra.

Enfim, vamos ao crime, ou melhor, ao meu crime: eu sou o assassino da Última Água-Viva! O delegado e a polícia não podem desvendar meu dolo, podem até desconfiar, mas por não conseguirem fazer relações elementares entre textos, nunca chegarão ao assassino. O médico havia me dito que eu teria apenas algumas semanas de vida, e se acelerasse meus batimentos cardíacos em alguma atividade física ou emoção forte, o infarto seria fulminante. Então planejei tudo. Afinal, para quem já matou inúmeras personagens, qual o problema em matar uma contadora de histórias?

Não estou justificando meu crime, mas há morte maior para um contador de histórias que não ter mais ouvintes? Claro que eu não poderia fazer isso sem a ajuda do Velho Dru – a estátua do poeta que fica no pátio do Colégio, aquela que participou de algumas de nossas leituras na Prainha. No dia em que mataria a Água-Viva, ele fugiu do Colégio, e então colocamos a segunda parte do plano em execução. Ela dizia que se acredita que aquela espécie de água-viva não poderia morrer. Na verdade, pode, mas ela sempre ressurge.

Como vocês sabem, água-viva-contadora-de-histórias é uma espécie, mas o que vocês não sabiam é que ela renasce de qualquer parte do corpo, por menor que seja o pedaço. Fiquei responsável por matá-la e picar suas frações, o Velho Dru se responsabilizou por atravessar os mares a nado e levar cada pedaço a centenas de cidades e comunidades à beira do Mediterrâneo. Ele vai viajar também pelos rios e, em cada local que deixar um pedaço da Última Água-Viva, surgirá um novo contador de histórias, desta forma, novos leitores surgirão. Essa é a história que vocês vão contar, esse é nosso segredo. Estamos organizando um sarau na lua, espero vocês lá. Por enquanto, é tudo que posso dizer."

O JARDINEIRO CEGO

Minha solidão se alegra com essa elegante esperança.
(Jorge Luis Borges,
A Biblioteca de Babel)

— Ontem li a última frase da minha vida. Finalmente, fiquei completamente cego, Chico Pires.

— Mas achávamos que isso demoraria acontecer, sr. Borges.

— Sim, caro Chico, fui perdendo as vistas de tanto ler as sombras das pessoas com visão. Como você sabe, venho me preparando para esse dia: a partir de agora, no escuro absoluto, lerei o ser humano com mais clareza. E você será um de meus leitores.

— E qual foi a última frase que o senhor leu?

— *Minha solidão se alegra com essa elegante esperança.*

— Quer dizer que de agora em diante minha função nessa casa não será jardineiro, mas leitor?

– A leitura é uma forma de jardinagem, assim como uma planta não vinga sem um jardineiro, um livro não vinga sem um leitor. Sobre as plantas, deixe-as comigo, há tempos cuido delas de olhos fechados. Aliás, o Velho Dru, nosso caseiro que fica como uma estátua na varanda da nossa tapera, e de lá não sai até que eu chegue da roça, para conversarmos olhando para o horizonte, vai me ajudar a cuidar das plantas.

– Por qual livro o senhor quer começar?

– Deixa eu pensar um pouco.

– Gosto de livros onde o protagonista morre no fim.

– Boa pedida, sempre duvidei da vida contada numa história sem morte.

– Quanto à sua escrita, será ditada?

– Não. Meus escritos sobem e descem uma *escada espiral que se abisma e se eleva rumo ao infinito*. Em toda a minha vida, escrever foi um exercício que pratiquei esperando a cegueira. Assim, minha caligrafia será "incursiva", ou seja, em circulares para dentro de si mesma.

– Não entendi.

– Vou posicionar a mão no centro do caderno, escreverei a primeira letra no meio da folha, a segunda letra sobre a primeira, a terceira sobre a segunda. Da mesma forma, as letras da segunda palavra sobre as letras da primeira. Depois, a segunda frase sobre a primeira, até que todo o livro esteja sobre uma única letra. Afinal, se Shakespeare disse que *o mundo não é mais que uma palavra*, digo: o universo não é mais que um ponto final.

– Quer dizer que o livro estará escrito no espaço de uma letra?

– Exato, caro Chico Pires, tão exato quanto a localização e a velocidade duma partícula na mecânica quântica!

– Será que alguém vai entender seus novos escritos?

– E alguém entendeu algo que escrevi?

– Se não entenderam, pelo menos extraíram alguma coisa.

– Esses lerão. E seguirão olhando para dentro de si e caindo numa espiral infinita de significados.

– Quem vai ler o primeiro texto para o senhor?

– O Velho Dru.

– Ele sabe ler?

– Como poucos.

– Qual será o livro?

– *Odisseia*, de Homero!

– Por quê?

– *Os deuses tecem adversidades para os homens para que as gerações futuras tenham algo para cantar. A poesia épica enche meus olhos de lágrimas.*

DESTINATÁRIO: REMETENTE

O caos é um enigma por se decifrar.
(José Saramago)

Hoje, ao acordar, estendi a mão sobre seu lado na cama, como faço há vinte e um anos. Mais uma vez não te encontrei. Foi inevitável não ser afetado pelo vazio que essa situação proporcionou, nunca me senti tão sozinho e distante, ou pelo menos, ainda não havia tido essa clareza. Para onde você foi? Falei alguma bobagem ou são aquelas melancolias que lhe acontecem de vez em quando?

Ou será por que hoje é daqueles raros dias em que da Terra se vê a olho nu: Mercúrio, Vênus, Marte, Júpiter, Saturno, e invariavelmente, nesses dias você sai da órbita terrestre? Seja lá qual for o motivo, não quero que volte mais. Por outro lado, sua ausência, de tudo que consigo palpar, é a falta que me faz perder o chão, talvez isso não seja tão ruim.

Então vi um minúsculo buraco pairando no ar, não sei se de formiga ou de minhoca, mas logo desapareceu. Vi outro um pouco maior, desapareceu também. Surgiu outro em seguida, do mesmo tamanho, esse permaneceu. O buraco era tão denso que a luz entrava nele, mas não saía, seu volume se aproximava de zero, e os móveis eram sugados pra dentro dele. Fui atraído, atraído, até que o buraco me sugou completamente.

Está entendendo a gravidade disso? Foi como se houvéssemos saído juntos, e ao mesmo tempo, você me deixou sozinho no quarto. A sensação era como se eu tivesse fugido de minha presença. Vi que não era sonho, até o vento repousar em meu peito uma folha manuscrita, reconheci minha letra, o título era: "Destinatário: remetente". Então, me lembrei que eu havia escrito a mim essa carta que estou lendo agora em voz alta.

Outra folha passou voando, e outra... mais outra. Assim, folhas farfalhavam por toda a casa. Era folha escrita saindo da gaveta, da geladeira, do guarda-roupas, do ralo, da casinha dos cachorros, da biblioteca e das árvores do quintal.

Com meio corpo deitado e meio fora da cama, esfreguei o rosto com uma mão, com a outra apoiei no criado-mudo onde guardo os manuscritos do livro que estou escrevendo no qual a estátua de um poeta sai em viagem pelo mundo. Olhei para a escrivaninha onde você se senta todas as madrugadas para escrever. NADA de você. Pela primeira vez compreendi que o NADA tem um peso astronômico na constituição do mundo. Assim, a pergunta: "Por que existe algo ao invés de NADA?" fica pequena diante da clareza que tive ao perceber que o simples fato de dizer que não somos NADA diante da imensidão do universo é algo mais incomensurável que a existência de tudo.

Então!... Consegui entrar (ou fui jogado) no espaço deste não-lugar. Fiquei pensando, pensand, pensan... pen... até finalmente pensar NADA. Por milésimos de segundos ou milhares de séculos (não sei precisar), tive a impressão de existir e não existir ao mesmo tempo. Faltava corpo, faltava verbo, faltava o próprio tempo, contudo, havia um Q de NADA me convencendo da materialidade de tudo. Eu quis me fazer uma pergunta, mas saíam apenas ondas de NADA.

Tentei me levantar, perdi as pernas. Tentei gritar, um grito de terror. Daqueles que muitos gritam por dentro enquanto sorriem por fora, porém minha voz estava grudada nas folhas de papel. Olhei através do espelho ovalado em cima da penteadeira, por um ângulo que sempre via este objeto na sala, e NADA. Voei até a sala de visitas e toquei o interruptor. A luz saía lentamente da lâmpada, tomando o cômodo mais devagar que a velocidade do leite derramado sobre a mesa. Atravessei a cozinha em movimentos ondulares, um pouco depois das partículas de luz que eu havia acendido.

Sabe aquela réplica que temos da estátua do Drummond sentado num banco da praia de Copacabana? Ela estava na saída para a varanda, com uma das mãos ela puxava de sua boca metálica um pergaminho sem fim, com a outra, apontava para o quintal. Ao passar por duas fendas na janela, meu corpo se dividiu em ondas e partículas, olhei no horizonte e vi um evento corriqueiro: você estava na varanda, com os pés no pó do Mar da tranquilidade.

– Você sou eu? – indagou eu de pé.

– Você disse eu? – perguntou eu sentando.

À medida que nos aproximávamos um do outro, a leveza decorrente dos paradoxos voltava aos poucos. E ainda que praticamente quase tudo seja teoria, na prática notei a natureza estavelmente confusa da realidade. Desta forma, compreendi o princípio da incerteza das histórias que contávamos, quando nos deitávamos na grama olhando o passado, ou seja, olhando as estrelas.

Apesar do aspecto de cento e cinquenta anos de idade, reconheci sua fisionomia assombrada, ora escrevendo, ora mirando o olhar para o oco do mundo do qual o NADA escapa. Havia um espaguete supermassivo numa travessa que ia do azul para o vermelho. Você comia o espaguete e escrevia, comia e escrevia, compulsivamente tranquilo. Então, deixando a caneta na mesa, você pegou o garfo, enrolando-o lentamente no macarrão, ergueu a cabeça, olhou para mim e questionou:

– Apesar do tumulto entre nós, onde está todo mundo?

— Não faço ideia; aliás, tudo o que tenho são ideias, mas todas dão em NADA – respondi.

— Percebe que, mesmo distantes, estamos estranhamente entrelaçados? – você interpelou.

Mas algo me deixou atrapalhado. Em todas as folhas da carta que você manuscrevia, havia dois furos: um na parte superior e outro na inferior, no meio, uma marca de dobra. Seriam atalhos? Nesse momento "eu velho" viu "eu jovem" na praia de Copacabana, olhei-me a uma certa distância, eu estava conversando com a estátua do Drummond. Em seguida, despedi-me da estátua e caminhei alguns metros. Nesse percurso, vi-me numa viagem, onde encontrei e conheci muita gente, ao mesmo tempo em que escrevia muito.

A primeira pessoa que vi foi uma velhinha num asilo; ela conversava com uma boneca e em noites de lua cheia escrevia cartas. Depois me sentei no meio-fio perto de um carrapato que iria pular duma mureta, mas uma tempestade caiu antes. O carrapato resolveu voltar pra casa correndo, pois não queria morrer afogado. Passei por um quarto de hotel onde havia um garoto e uma sapa suicida, ambos se preparando para pular. Depois, fui a Paris, entrei numa taberna onde estavam vários viajantes do tempo.

Depois acompanhei uma revoada de beija-flores-pretos-asas-de-facas como numa sinfonia de metais. Fui à França, desta vez à Catedral de Notre-Dame. Ali participei do Congresso dos Corcundas, onde um garoto de blusa vermelha foi o único que reconheceu minha presença. E mesmo com fortes dores no estômago e à beira da morte, ele estava assombrosamente em paz.

 Assim que o garoto morreu, fiquei com a sensação de que todos me reconheceram, pois havia uma sintonia tão fina entre nós que nalguns momentos achei que fazia parte de suas vidas, entende? Não? Complicado mesmo. O que mais me intrigou foi a estátua do Drummond que se identificava como Velho Dru, ela me conduzia por cada história. No início era apenas uma pedra de bronze como um monólito, mas, aos poucos, a estátua foi tomando forma de um poeta distinto do escritor que ele representava.

 Subitamente, voltei ao nosso quarto onde eu havia sido tragado pelo buraquinho de minhoca próximo ao teto. Assim, me apoiando naquelas mobílias de matéria exótica que compramos numa feira de antimatéria, cheguei mais perto da mesa onde você escreve. Olhei os papéis espalhados e li os primeiros parágrafos duma carta:

 "Hoje, ao acordar, estendi a mão sobre seu lado na cama, como faço há vinte e um anos. Mais uma vez não te encontrei. Foi inevitável não ser afetado pelo vazio que essa situação proporcionou, nunca me senti tão sozinho e distante, ou pelo menos, ainda não havia tido essa clareza. Para onde você foi? Falei alguma bobagem ou são aquelas melancolias que lhe acontecem de vez em quando? Ou será porque hoje é daqueles raros dias em que da Terra se vê a olho nu: Mercúrio, Vênus, Marte, Júpiter, Saturno, e invariavelmente, nesses dias você sai da órbita terrestre? Seja lá qual for o motivo, não quero que volte mais. Por outro lado, sua ausência, de tudo que consigo palpar, é a falta que me faz perder o chão, talvez isso não seja tão ruim. Então vi um minúsculo buraco pairando no ar, não sei se de formiga ou de minhoca, mas logo desapareceu. Vi outro um pouco maior, desapareceu também. Surgiu outro em seguida, do mesmo tamanho, esse permaneceu. O buraco era tão denso que a luz entrava nele, mas não saía, seu volume se aproximava de zero, e os móveis eram sugados pra dentro dele. Fui atraído, atraído, até que o buraco me sugou completamente."

    Finalmente, enquanto eu estava sendo atraído pra dentro daquele buraco novamente, deu tempo ver um pacote ao lado de um bilhete que o Velho Dru deixou pregado na porta: "Neste pacote está sua camiseta que você esqueceu sobre minha cabeça aquele dia em Copacabana, lembra? Quero que você saiba o que está escrito no verso da pedra daquele banco: 'Na linha do horizonte está escrito um universo'".

PEQUENOS NAVEGADORES

Navigare necesse, vivere non est necesse.
(Pompeu – general romano do I século a. C)

Navegar é preciso, viver não é preciso.
(Petrarca – poeta italiano do século XIV)

Quero pra mim o espírito dessa frase.
(Fernando Pessoa – poeta português do século XX)

Navegar é preciso, viver...
(Caetano Veloso – músico e escritor brasileiro)

— Você já está cascudinho, estamos no fim do século XV, as coisas estão mudando muito rápido, logo, logo você vai bater asas e voar. Por esse motivo, preciso lhe contar uma coisa – diz o pai tatu ao filhote tatu.

– O quê, papai? – pergunta o filhote, enquanto caminham à beira-mar.

– Filho, está vendo aquela linha na qual enxergamos a divisão entre o mar e o céu?

– Sim, e daí? – pergunta Bubuixi, o filhote.

– Essa linha não foi vencida por ninguém. Eu e alguns amigos vamos atravessar esse grande abismo – diz o pai tatu, enquanto para, olha o mar, sugestionando o filhote a fazer o mesmo.

– Papai, o senhor vai e volta hoje?

– Não, filho. É uma longa jornada.

– Quantas vezes tenho que dormir até que o senhor volte?

– Se tudo correr bem, trezentos e sessenta e cinco dormidas, mas pode ser muito mais – disse o pai tatu, passando a pata suja de terra nos olhos para limpar as lágrimas, pois, no fundo, as chances de voltar pra casa eram mínimas.

– O que tem lá, papai? – pergunta o filhote, passando uma de suas garras na areia desenhando uma meia-lua.

– Há grandes porções de terra do outro lado. Aves marinhas migratórias passam por esses lugares algumas vezes por ano – responde Tilikun, roçando o casco num tronco, fazendo cair o resto de terra de si mesmo.

– O senhor vai fazer uma expedição para descobrir terras que não foram exploradas?

– Não, Bubuixi, pelo contrário. Terras inexploradas não existem, toda terra é habitada por outros bichos e humanos, eles apenas são diferentes de nós e têm outra forma de se organizar em sociedade. O objetivo da expedição é descolonizar os colonizadores, ensiná-los que a tirania é a perda da própria liberdade.

– Mas, pai, a professora caranguejo falou que os humanos são perversos e se encaminham rumo a maldades maiores a cada dia. Ela disse na aula de biologia: "bondade é uma característica dos animais, e bestialidade, dos homens. Tentar humanizar os humanos é andar pra trás".

– Ela tem razão. Por outro lado, nossa existência depende dos humanos. Por causa de sua ação predatória, em alguns séculos, o planeta perderá qualquer forma de vida, inclusive, a deles.

– Eles são inteligentes? – pergunta o tatuzinho, não conseguindo relacionar racionalidade com autodestruição.

– Nossos cientistas ratos, macacos, porcos, golfinhos e polvos ainda não chegaram a uma conclusão se os humanos pensam, mas há indícios de formas elaboradas de pensamento em alguns, mas NADA comprovado ainda.

– Que dia a expedição parte, papai? – pergunta o filhote tatu, roçando levemente o peito do pai com o focinho.

– Nosso único meio de transporte são os troncos de árvores que caem no mar e zarpam levados pelas correntes marítimas, são as chamadas barcas de vegetação – responde Tilikun, coçando a cabeça num toco.

– Mas a queda de uma árvore pode levar anos.

– Há uma árvore na praia de São Salvador, ela está com os dias contados. Até o fim do próximo verão, ela se torna nosso transoceânico natural.

– Vocês não sabem o caminho, podem se perder.

– Engano seu. Há uma grande estrada no fundo do oceano por onde as águas seguem o curso, nos orientaremos por essa via, além do que, seremos empurrados pelos ventos alísios. Falcões peregrinos também irão indicar o percurso – anunciou Tilikun.

– Estou com medo – declarou Bubuixi, cavando um pequeno buraco.

– Vamos combinar uma coisa: está vendo a lua surgindo atrás do penhasco onde te levei aquele dia?

– Sim, papai.

– Todos os meses em noites de lua cheia você vai subir no penhasco e ficar olhando para a lua. Eu, do outro lado do mundo, nas mesmas noites, farei o mesmo, assim, teremos um ponto de contato, combinado? – Em seguida, Tilikun raspa o chão com uma pata, jogando areia no filhote. Eles se abraçam e rolam na areia encostando os focinhos e olhando um nos olhos do outro.

Os dois retomam o caminho pra casa. Naquela noite, Bubuixi sonhou que estava caminhando sobre o Mar da tranquilidade na lua, ele percorreu todo o mar à procura de seu pai, passou por vales e montanhas gigantes. Encontrou apenas uma estátua falante e duas crianças que haviam saltado da Terra para a Lua para brincarem. Na manhã seguinte, foi à escola com uma pulga entre a orelha e o casco. Depois da conversa com o pai, todos os dias, Bubuixi visitava a velha árvore na esperança da chuvarada não vir forte naquele ano. Certo dia, ele estava deitado debaixo da árvore quando o tempo fechou, e os primeiros pingos caíram em seu rosto. Seus olhinhos sujos de poeira encheram-se de água vindas das grandes fontes de si.

– Não fique assim, pequeno Bubu. Seu pai vai fazer uma longa viagem, mas vai voltar – diz a velha árvore Sabicu, bulindo folhagens enquanto sua voz ecoa na ventania.

– Tenho medo do meu pai não voltar.

– A viagem é própria dos espíritos livres. Se Tilikun e sua tripulação não embarcarem, suas vidas não farão sentido para eles próprios.

– Mas você vai morrer também, Dona... Dona? – pergunta Bubuixi, olhando os ocos do tronco, procurando, discretamente, onde seu pai irá se acomodar durante meses.

– Dona Kaesa Vermelhis, pode me chamar de Dona K, ou simplesmente, K. Pode olhar meus vazios, mas não olhe muito, pois *aquele que luta com monstros deve acautelar-se para não se tornar também um monstro. Quando se olha muito tempo para um abismo, o abismo olha para você*, disse o filósofo. Sobre minha morte, você tem razão, mas, para meus frutos vingarem, preciso ir, e se eu não contribuir com a missão de seu pai, minha espécie pode ser extinta. Levarei algumas sementes – diz o velho tronco, emborcando a favor do vento, estalando galhos, cedendo suas raízes do chão duro.

O tatuzinho cava um buraco atrás do tronco enquanto trovões e relâmpagos cruzam seus pensamentos. Ele deseja sentir a velha madeira caindo sobre si para nunca mais sentir medo nem saudade. A árvore deixa escorrer gotas, vindas de dentro, de suas folhas. Bubuixi não segura as comportas de seus olhos. A superfície da terra aos poucos perde a dureza, nuvens devolvem o depósito de meses. Após a tempestade vinda do céu e suspiros vindos de seus interiores, o pequeno de casco duro de coração mole, cansado, adormece.

Duas horas depois, os pássaros, o sol e a brisa ressurgem. Bubuixi acorda assustado. Eleva a cabeça sobre a superfície do buraco e levanta as orelhas, certificando-se do ocorrido. Olha para cima, a árvore está lá, com suas folhas e galhos voltados para o mar.

– *Ufaaa*, não foi desta vez! – Bubuixi fica tão contente quanto uma formiga de volta pra casa após uma jornada de trabalho, carregando uma folha cortada na mandíbula e uma gota de orvalho nas costas sob o sol quente.

Algumas semanas se passam.

Durante todo o verão, o pequeno Bubu e a Dona K se encontram diariamente. Ora falam da vida de fazer buraco, ora de viver parado. Ela diz como é ser casa de bichinhos da floresta, fazendo sombra, sendo recortada e ferida pelas formigas e cupins. Tilikun, de longe, acompanha a evolução do tombamento de Dona K.

A primavera se aproxima.

Bubu se sente feliz, pois tem a esperança de Dona K aguentar mais um ano, mas as últimas águas às vezes são mais violentas do que as primeiras. O tempo fecha repentinamente. A claridão e a escuridade iniciam uma dança no horizonte que toma o céu. Imensas nuvens negras se entornam. Quebradeira de galhos por todos os lados. Famílias de João-de-barro perdendo suas casas. Os sabiás não dão um pio. Ninhos de pardais construídos a duras penas são levados pela ventania. Rios transbordam contornando as barragens dos castores. Dona K vai tombando. Tombando. Tombando.

– K k k k! Não tombe, não vá, não me deixe! – diz Bubuixi, suando frio, correndo pra lá, fuçando de cá, esburacando dali. Na inútil tentativa de segurar a amiga, arranca lascas da árvore, fazendo escorrer seiva do seu tronco.

– Amiguinho, minhas raízes vão sair da terra, mas não de ti. Não importa quão longe vamos ficar, estamos acorrentados pelo vento do amor. O que está acontecendo é que você está me velando, em poucos momentos meu corpo será exumado. Serei desenterrada pra sempre, meu vazio na terra contará nossa história. Outra coisa, não fosse pela espera desse momento, jamais teríamos nos tornado amigos – diz dona K, em meio aos gemidos da natureza.

– Mas, por favor, não leve meu pai – diz Bubuixi com os olhinhos inundados.

– Ninguém leva ninguém, pequeno navegador de oceanos internos, somos uma inconstância entre ir e ficar. Na verdade, navegadores são aqueles que navegam em vários lugares distantes e ao mesmo tempo – diz a velha árvore, abaixando um galho e passando folhas na cabeça do pequeno Bubu.

– Eles estão vindo! – grita Bubuixi.

Ouvem-se urros de tatus correndo. Eles chegam à velha árvore. Tilikun tenta tirar seu filho, que abraça o pai com a pata esquerda; com a direita, agarra o tronco. Barulho de madeira rachando. Os tatus sobem na árvore, Bubu firma seu corpo entre a madeira e o chão escorregadio, tentando se tornar uma alavanca para a amiga não cair.

– Pode cair e morrer, mas caia em cima de mim e me massacre!

– Amiguinho, deixa a gente ir. A vida é longa o suficiente para no fim lamentarmos tantas coisas, e curta o bastante para não termos tempo de perceber o que importa. Seja parado como árvore, fazendo buracos como tatu, correndo como guepardo, ou cruzando os sete mares num tronco velho, sempre chega o momento de curvar-nos diante do fim da linha – diz Dona K, finalmente se desprendendo do chão que fora sua companhia durante séculos. Então ela dá seu primeiro e último mergulho no mar, tornando-se fragata de tatus errantes.

Bubuixi fica parado de frente às águas, olhando nos pontos pretos dos olhos marejados de seu pai, que maruja sobre uma madeira oca em direção ao abismo. Tilikun, com o coração prensado nos limites do casco, segue de costas para a linha do horizonte, olhando o filho no mesmo lugar e cada vez mais distante. Bubu permanece por horas de frente ao seu pai, enquanto o tronco vai diminuindo de tamanho. Ele não arreda a patinha dali, mesmo quando o velho tronco se transforma em um ponto preto entre o azul infinito de cima e o azul imensurável de baixo. Finalmente, a barca de tatus errantes some como na força do vendaval dum suspiro divino.

Em poucos dias, a normalidade se restabelece na floresta, mas não para todos. Bubuixi, chutando pequenos torrões de terra com seu focinho, vai ao lugar da despedida todos os dias, olhando para a linha de onde o céu nasce.

Onze meses se arrastam.

Bubuixi está na saída da escola, quando um albatroz traz a notícia: "a *Turtle Express* chegará hoje à tarde". Todos os anos, na mesma época, as tartarugas marinhas atravessam os oceanos prestando serviços de correspondências. Bubuixi corre em direção aos correios: "Será que meu pai chegou ao seu destino? Será que está bem?"

– Bom dia! *Turtle Express*, correio animal, devagar e sempre, posso ajudar? –pergunta a tartaruga atrás do balcão, lixando os cascos.

— Meu pai mandou carta pra mim?

— Qual é o nome de seu pai?

— Tilikun.

— Tili o quê? — pergunta a atendente, arqueando os olhos de cima para baixo.

— Tilikun Cascudo Guido Moraes.

— Deixe-me ver, deixe-me ver... — responde a tartaruga, movendo os óculos até a ponta do focinho.

— Rápido, senhora!

— Calma, meu filho! A *Turtle Express* cruza os oceanos há milênios sem nunca ter nem um bilhete para entregar, e quando há a possibilidade de termos uma carta, você a quer na velocidade da luz? — diz a atendente, revirando uma caixa.

— Não tem NADA pra você gatinho, ops, tatuzinho. Volte no próximo ano.

— NADA?! — pergunta Bubu, murchando as orelhas, sentando-se num toco. Então, vira os cascos para a atendente e sai arrastando a mochila.

No caminho de casa, Bubu resolve passar no local onde perdeu a amiga e despediu-se do pai. Ele vê o buraco onde estava a velha árvore Sabicu e resolve entrar. Para seu espanto, uma muda da mesma espécie de Dona K brotou e aponta as primeiras folhinhas.

Bubuixi ficou entocado até o fim da tarde.

Ele saiu do buraco decidido que, dali em diante, aceitaria que a vida, por mais difícil, tem inclinação para sair dos buracos mais fundos. O local onde Bubuixi mais gostava de ir era no penhasco que seu pai recomendou que visitasse em noites de lua cheia. Assim, todos os meses, ele subia no penhasco, pois gostava de imaginar que a lua via a ele e a seu pai ao mesmo tempo, e os dois viam a lua. Era o momento em que o pequeno Bubu se desconectava da terra.

Certa madrugada, alguém bate na entrada da toca. Deitado e ouvindo os cantos dos grilos, das pererecas e dos sapos, ouviu batidas na porta cada vez mais fortes. Ele tira a cabeça da carapaça, esfrega os olhos, desce da cama e vai atender a campainha:

– Já vai, já vai! – diz Bubuixi, enquanto estende a pata para abrir a porta.

– É nesse buraco que mora o senhor Bubuixi Guido Moraes? – pergunta a tartaruga marinha com o uniforme da *Turtle Express*.

– Sim... Meu pai mandou carta?!

– Que carta?

– A senhora veio fazer o quê?

– Ah, sim, a carta... está em algum lugar entre meu casco e minha pele, você sabe como são essas coisas, né? Aqui. Entregue em patas! – Bubuixi desenrola o pergaminho e lê: "Destinatário: Bubuixi Guido Moraes. Remetente: Tilikun Cascudo Guido Moraes". Ele corre toca adentro, acorda o vaga-lume em cima do criado-mudo e começa a leitura à meia-luz do sonolento inseto:

Sevilha, 02 de março de 1492.

Filho,

Apesar das dificuldades, a viagem foi boa. As marés nos levaram através de várias ilhas, nos divertimos e conhecemos muitos lugares. Em outros momentos, em que achamos que tudo estaria perdido, golfinhos rotadores indicaram a corrente equatorial e se posicionaram em torno de cardumes, forçando os peixinhos a pularem em cima do tronco, e assim, termos o que comer. O único contratempo foi que uma onda gigante levou nossa carta marítima junto com uma raiz solta feita de mesa de navegação, mas algumas baleias se revezaram em empurrar o velho tronco em direção ao velho mundo.

Ao chegar, conhecemos vários tipos de animais. Eu falei de você para eles. Contei que viemos de um lugar muito, muito distante e como nossa terra e povo são sensíveis a dor dos humanos e dos animais. Falei também como os tatus, as minhocas e os besouros se interessam pelo assunto de terras boas.

Quanto ao processo de descolonização dos colonizadores, dessubjugá-los uns dos outros é uma tarefa árdua. Se não fosse pela convivência direta com os gatos e cachorros, o homem já teria se bestializado completamente.

Em quase dois anos de trabalho, avançamos NADA em transmitir humanidade aos homens. Eles acham que fazer escravos aumenta a liberdade de quem escraviza, mas o homem assenhorear-se de outros é a maior crueldade que pode fazer a si mesmo. Eles inventaram uma forma de imprimir seus escritos, mas não conseguem fazer uma simples leitura de qual rumo tomaram em suas existências. Nos últimos séculos, tornaram-se comerciantes do favor divino como em uma feira, imagine onde isso pode chegar daqui a 500 anos.

Dizem ser a categoria superior porque inventaram a roda, descobriram o fogo, desenvolveram a agricultura, as grandes civilizações, e agora, a imprensa. Por outro lado, é a única espécie que morre de medo da morte e mata pelo prazer de matar. Desimperializar o coração dos homens seria destronar o imperador mais perverso de todos os tempos: qualquer ser humano.

Conhecemos uma estátua e uns furões na semana passada, que, ao saberem de nosso projeto, sorrateiramente nos conduziram ao castelo da rainha Isabel de Castela, esposa de Fernando de Aragão, rei da Hispânia. Num trabalho em conjunto desses bichinhos com algumas lagartixas moradoras do castelo, conseguimos nos infiltrar em duas reuniões entre a rainha e um invasor de terras. Estão tramando algo contra nós. Por enquanto, é isso. Meu coração está comprimido por uma carapaça mais dura que diamante de saudade de você.

Escavar é preciso, *viver não é preciso*.

Seu pai,
Tilikun

Ao término da leitura, o vaga-lume, literalmente, apagou e dormiu. Bubu aperta a carta contra o peito, enquanto um tufão de pensamentos esburaca sua mente: "Vou rever meu pai? Conseguirei participar de uma grande navegação? O ser humano tem jeito?". Contudo, a pergunta mais perturbadora era: "O que estão tramando contra nós?"

Mesmo sem ninguém saber a respeito dos seres humanos do outro mundo estarem tramando algo, nas semanas seguintes, paira no ar, na terra e por baixo da terra uma atmosfera de desconforto entre os bichos. Pássaros cantam lamentos. Cavalos nadam como se quisessem fugir de um evento de dimensões intercontinentais. Manadas de leões piam do alto de penhascos. Pintinhos urram. Guaxinins pulam apavorados procurando esconderijos. Minhocas são encontradas em copas de árvores. Rouxinóis rugem solitários na volta da noite. Pardais se arrastam como cobras. Botos saltam como sapos no meio do mato.

A volta da *Turtle Express* no próximo ano é mais uma vez aguardada por Bubuixi. Sua esperança está nas notícias das tartarugas marinhas, mesmo que ainda fosse demorar meses. E como os animais se adaptam a qualquer situação, uma aparente paz se estabeleceu na floresta.

Certa tarde, um mico-estrela grita do alto de uma palmeira que algo estranho surgira do *Catintuba,* palavra da língua indígena-animal que significa lugar de onde o céu cai. A princípio, o mico não pôde identificar o objeto. Afinal, estava acostumado a ver o grande abismo engolir coisas levadas pelas marés, mas nunca presenciou a bocarra do Catintuba regurgitar NADA.

A notícia se espalhou pela floresta. Em poucos minutos – e algumas horas para os bichos-preguiças, todos estavam à beira-mar, escondidos por entre paus, pedras, troncos, copas de pinhais e árvores aflitas. O objeto não-identificado que flutuava sobre o mar parecia um, com a aproximação, dividiu-se em três. E quanto mais próximos, maiores ficavam. Bubuixi observou na parte de baixo do objeto uma coisa gigante igual a um casco de tatu virado ao contrário, e a parte de cima era como as redes usadas pelos nativos para dormir.

– Podem ser as embarcações que os humanos do outro lado do grande rio usaram para chegar até aqui – pensou Bubuixi.

Ao aproximarem-se da orla, ouvem-se gritos vindos das embarcações. Três homens pularam ao mar (daí a origem do nome "tripulante"). Eles chegaram nadando, outros vieram em jangadas menores. Em poucos minutos, alguns se ajoelharam ao chão, outros pegaram areia por entre os dedos e a jogaram para cima. Todos gritavam um nome: "Colombo! Colombo!".

Enquanto os invasores tomavam a praia descendo caixas, os animais os observavam. Os peçonhentos já organizavam uma contraofensiva (daí o termo "ofendido de cobra"), porém a maioria dos animais acompanhava atônita àquela invasão. Bubuixi criou coragem e, entre uma pedra e outra, foi até onde a fúria do mar se curva diante dos grãos de areia na praia. Ele passou horas ali, imóvel, ninguém apareceu. Então, quando se virou para ir embora, já à noitinha, ouviu à sua esquerda:

– Filho!

– Papai?!

– Sim, meu pequeno navegador, sou eu, venha cá, rapaz! – Estavam a alguns metros de distância um do outro, Bubu correu na direção do pai e deu um abraço de trincar o casco.

– Como esperei por esse momento! – diz o filho, deitando a cabeça sobre o ombro do pai.

– Não mais que eu – responde Tilikun, enxugando as lágrimas dos olhos envoltos em torrões de sal, correndo os olhos de cima a baixo por Bubu, sem tirar as patas dos ombros do filho.

– Cresci um pouco, né?

– Muito, meu filho!

– E o senhor...

– Envelheci. Eu sei, filho, meu casco ficou mais côncavo devido ao peso da existência. O tempo é mais veloz do que nossa força para escrever histórias. Meus pelos se esbranquiçaram, ando com lentidão, o apetite não é o mesmo, e as noites são mais longas apesar da aproximação do fim de meus dias.

– É verdade, meu velho, mas e esse alvoroço?

– Eles querem conquistar o mundo, filho.

– Irão nos ajudar?

– Não. Eles vão nos escravizar, matar nosso povo e nossos bichos, destruir nossa cultura e roubar nossas riquezas.

– E o que será de nós?

– Não sei.

– E a missão no outro mundo?

– Fracassou, filho. Perdi meu tempo, perdi as reuniões de pais na sua escola, perdi seus jogos no colégio. Perdi levar você dormindo no meu no colo pra cama, perdi perder o sono velando sua respiração nas vezes em que você ficou doente. Perdi cortar o giro do meu coração a cada vez que você não falou "papai". Perdi minha vida. Talvez meu coração seja quem deva ser descolonizado de mim mesmo – reponde Tilikun, desviando o olhar.

– Pai, a missão foi um sucesso. Vocês representaram a humanidade dos bichos com bravura diante da bestialidade dos homens. A partir de hoje, quando se falar sobre as Grandes Navegações, sua história será contada. Para o homem, o que o senhor fez foi um pequeno passo, mas para os animais foi uma grande travessia.

– Obrigado, meu filho, por ouvir isso de você, valeu a pena. O dia que você for pai, vai entender o que digo agora.

– O senhor olhou para a lua durante o tempo em que esteve do outro lado? – pergunta Bubuixi, enquanto pisava nas pegadas do pai na areia ao tomarem o caminho de casa.

– Sim, meu filho. Inclusive, a saudade era tanta que, algumas vezes, tive a impressão de ver seu reflexo na lua – disse Tilikun, ao sentar-se numa grande caixa no meio do caminho, que os homens esqueceram na praia na correria de adentrar o mato e dominar a região.

– Toc-toc-toc!

– Pai, de onde vem esse barulho?

– Alguém abre esse troço, pelo amor da poesia! – ressoou uma voz dentro da caixa.

– Filho, tem alguém aí dentro!

– Claro que tem, ou você acha que estátuas não têm voz e histórias para contar?

– Ah, sim, é uma estátua, filho! Sim, sim, desculpe, não se afobe que vamos abrir.

– Não estou afobado, você nem imagina de qual tempo eu vim, quão longe eu estava, e por quantas terras passei.

– Quem é você? – perguntou Bubuixi, abrindo a tampa da caixa com uma garra.

– Sou o Velho Dru, a estátua que seu pai conheceu na Espanha! – respondeu a estátua, saindo da caixa e pisando a areia molhada.

– Eu me lembro de você... – declarou Tilikun, colocando as garras da pata direita sobre a cabeça, buscando em sua mente recordações do Velho Dru.

– Eu estava naquela reunião entre o navegador e os monarcas, foi eu quem disse para os furões facilitarem a entrada de vocês no castelo.

– Ah, sim! Lembro de você ficar atrás do trono do rei, sentado num banco com as pernas cruzadas e um caderno sobre as pernas.

– Vamos ficar aqui nesse sereno ou me convidarão para sua casa?

– Claro, por favor, siga a gente pela trilha. Desculpe a pergunta, mas o que você veio fazer aqui, Velho Dru?

– Estou organizando uma festinha e vim convidá-los.

– Onde? Quando? – perguntou o pequeno Bubu, levantando as orelhas.

– Vamos! Em casa, quero dizer, no buraco, explico pra vocês – disse o Velho Dru, enquanto os três entravam na floresta.

A LENDA DO MAR MORTO

> *Olha para baixo, olha bem. É preciso
> aprender a olhar os abismos. O que me
> importa nessa terra não se encontra
> à superfície, mas por baixo.*
> (Júlio Verne, Viagem ao Centro da Terra)

> *Subindo em espírito até Vós, que morais lá no alto, acima
> de mim, transporei essa potência que se chama memória. Quero
> alcançar-Vos por onde podeis ser atingido,
> e prender-me a Vós por onde for possível.*
> (Agostinho, Confissões)

– Não se aproxime da borda; copiou, marujo?! – disse o enfermeiro-chefe.

– Por quê? – perguntou o senhor.

– É a única parte deste veleiro que não tem barras de proteção. Você pode ter uma vertigem e cair no mar.

– Por que não há barras de proteção nessa parte do barco?

– Pular deste local é a única liberdade que os presos desse veleiro têm. Quando o mar está tranquilo, eles pulam ao mar para brincar e sair do barco um pouco.

– Quer dizer que essa é a única forma de sair desse barco?

– Sim. Esse veleiro é a forma mais eficaz em tratamentos psiquiátricos, o fato de os pacientes não se sentirem adaptados no mundo, aqui, desterritorializados, se identificam com um chão sem firmeza, profundo e misterioso. Um lugar de transição, um endereço desendereçado, fui claro?

– Alguns são curados?

– Evidentemente. Apesar disso, ninguém nunca voltou a morar em terra firme; afinal, neste barco eles sabem que são peregrinos do mar.

– E os que pulam?

– Até hoje ninguém quis ficar no mar para sempre, fui claro?

– Claríssimo como a luz no fundo do mar.

– O que são essas coisas que você carrega debaixo dos braços? – perguntou o enfermeiro.

– No braço esquerdo é uma planta que ganhei da minha professora quando escrevi meu primeiro conto, e no braço direito são os manuscritos do livro que estou escrevendo.

– Mas por que sua professora te daria uma planta?

— Ela disse que, enquanto eu cuidasse da planta, seria um bom escritor, desde então, carrego a plantinha para onde vou.

— E se ela morrer?

— Minha escrita também morre.

— Qual é o nome da planta?

— Chico Pires.

— Não, não, quero saber a variedade da planta.

— Chico Pires não é nome próprio, mas o nome da variedade, muito comum nas margens do Mediterrâneo.

— Ah, tá, e como você se chama?

— Desde que desentendo o ser humano e não sei quem sou, parei de me chamar.

— Então, a partir de hoje, seu nome será Chico Pires.

— Gostei. Agora só falta eu virar uma planta aquática.

— Vai terminar quando esse livro?

— Não se começa nem se termina um livro. Inclusive, acho que fiquei louco foi das pessoas me perguntarem isso o tempo todo: "que dia termina o livro?", "quando você vai acabar o livro?", "você quer é vagabundar, diz que está escrevendo um livro, mas já tem uma vida, e NADA!".

— Fale um pouco sobre uma parte do livro de que você gosta, talvez relembrando você pode se inspirar a terminá-lo.

— Tem um conto no livro que fala sobre um personagem preso num veleiro que escreve um conto. No conto do conto, tem um personagem que escreve um conto onde o autor não termina a história, que, por sua vez, tem um leitor que está lendo esse livro em que a história recomeça indefinidamente.

– Entendo, mas aqui você vai terminar de escrevê-lo?

– Estou aqui para isso. Por outro lado, quem se importa?

– Você.

– Tive uma ideia, vamos combinar uma coisa?

– Claro, Chico Pires, o que é?

– Vou fazer o lançamento do livro aqui, no veleiro.

– Ótimo! E o lançamento será na proa, na popa, estibordo ou bombordo?

– Aqui, onde estamos.

– Combinado! Vou começar os preparativos. Seu livro tem um roteiro?

– Sim. O roteiro facilita as coisas, mesmo que não o siga em NADA, não é?

– Isso. Seria um norte para irmos na direção contrária, se necessário. Assim como esse veleiro, fui claro?

– Perfeitamente, Comandante!

– Não sou o comandante, sou o enfermeiro-chefe.

– E qual a diferença?

– Um coordena e indica o caminho, o outro cuida.

– E qual a diferença?

– Que diferença?

– A diferença entre o real e a ficção.

– Essa é você que deve responder.
– Nenhuma.
– Nenhuma, nenhuma?
– Tudo aqui não se entende por meio de símbolos?
– Sim.
– Então!
– Ah, tá.
– Ah, tá, o quê?
– Eu que sei?
– Por falar em enfermaria, alguém nesse veleiro já foi enganado pela medicina?
– Enganado? – perguntou o comandante.
– Quem está morrendo por uma doença grave ao receber a notícia não é desenganado? Então quando se diz que alguém está lúcido e saudável, isso deveria ser compreendido como estar sendo enganado, não acha?
– Nesse aspecto ninguém foi enganado no veleiro – afirmou o enfermeiro, escorando a cintura na barra de proteção, semicerrando os olhos e deixando o vento bater em seu rosto.
– Há quantos anos o paciente mais antigo está aqui? – pergunta Chico Pires, colocando a plantinha mais próxima de si.
– Há muitos veteranos, mas você, além de ser o mais antigo, é o único que nasceu aqui.
– Eu desconfiava disso, na verdade, acho que não existe ninguém fora desse veleiro.

– Não pra você, que é egoísta e acha que tudo navega ao seu redor! Mas vamos dormir, está tarde, e a lua já está piscando os olhos com lentidão.

– Vou tentar dormir um pouco – disse Chico Pires.

Naquela noite, a lua minguante refletia-se na superfície do mar como uma isca cintilante e arisca atraindo os peixes famintos. Chico Pires inicia um diálogo com a planta.

– Não vejo sentido nas palavras – contestou o Chico Pires.

– Então por que falas, caro Chico? – perguntou a Chico Pires.

– Porque elas são um caminho para se voltar ao caminho, e não um destino sem percurso.

– Verbalize isso melhor, caro Chico.

– Parece que a realidade é tão alheia ao que dela podemos explicar, que às vezes penso que a realidade é tudo do que dela ainda não falamos. Se entendermos que uma palavra é definida por tantas outras, e essas outras são definidas por outras, e assim até ao infinito, vamos chegar ao mesmo ponto de onde saímos. É o que chamo de saga das significações – declarou Chico Pires, tirando uma tesoura da sacola.

– Mas o infinito não é algo que não tem fim?

– Sim, mas quem disse que o infinito é um lugar pelo qual nunca passamos?

– Estou confusa, me dê imagens, caro Chico! – exigiu a Chico Pires.

— A linguagem é um homem faminto caminhando, colhendo, descascando bananas e jogando as cascas na frente, de forma que, ele vai escorregar e cair, mas chegará ao destino, ferido, mas razoavelmente saciado.

— Que legal, fiquei infinitamente confusa agora!

— Estamos nos entendendo. O infinito não é caracterizado pela ausência de fim, mas por ilimitadamente desdobrar-se para dentro de si mesmo — disse o Chico Pires, podando com a tesoura algumas folhas secas e murchas da planta.

— Hmm, assim como a nossa amizade e nossos nomes nos quais um é compreendido pela existência do outro?

— Não digo compreendidos completamente, mas minimamente delineados.

— Como numa ciranda, caro Chico?

— Prefiro como num caderno espiral. Não é estranho que todas as palavras do dicionário sejam explicadas dentro do próprio dicionário? Ou será o caso de todos os livros de qualquer gênero serem, na verdade, dicionários? Se tudo que as pessoas fazem começa na imaginação por meio do que lhe foi dito, não seria tudo que existe apenas palavras? — disse o Chico Pires.

— Estou achando essa conversa profundamente sem sentido — disse a planta.

— Prefiro profundamente vazia.

– Você não acha que estamos falando muito NADA com NADA?

– Obviamente, esse é o ponto! Aliás, o TUDO que não abarca o NADA, pode ser qualquer coisa, menos TUDO – disse Chico Pires jogando o anzol do olhar na linha do horizonte como o pescador lança o anzol para, em seguida, o enrolar por meio do molinete dos pensamentos. E fazer isto incansavelmente até que uma ideia fisgue com força a isca das palavras.

– Então, estou mais pra NADA do que pra alguma coisa.

– Pode ser que saiamos dessa conversa menos alguma coisa do que antes. Por exemplo, as palavras: "rio", "oceano", "imagem", "lua", "travessia", "imaginação", "tempo", e principalmente, "memória" são delineadas por uma questão de convenções humanas rasas, mas na essência são quase a mesma coisa. É como se a vida não pudesse ser vivida dentro das categorias da própria vida. Por isso, nunca pergunto se alguém entendeu algo que eu escrevi, isso seria uma negação de tudo que quero dizer.

– Quanta confusão esclarecedora! – disse a Chico Pires, estendendo o caule e tocando a ponta afiada da lua, enquanto recolhia a folha com um novo pequeno rasgado.

– Dessa forma, não terminar um livro, um conto ou uma frase, é uma forma de resistir e dizer: "se as palavras são insuficientes para dizer o que se quer dizer, paro de falar na beira do precipício e pulo no silêncio entre as embarcações das palavras."

– Ficou poético, caro Chico, mas pode melhorar, dê-me imagens – requisitou a plantinha Chico Pires.

– Essa é uma questão que me angustia. Não a falta de imagens para traduzi-las em linguagem humana, mas o excesso delas. Eu poderia encerrar o livro no ponto em que está ou escrever todas as bibliotecas do mundo, e esse seria o meu fim! Para ser um fim a que as palavras não chegam, tenho que ir além. No fundo, sei o que devo fazer, e esse momento está próximo, fui claro?

– Deu sono, não sei se por te ouvir ou porque o dia foi cheio, vamos dormir, caro Chico?

– Pode ir, vou fumar um charuto até que a fumaça se junte às nuvens e escreva algumas linhas no horizonte obscuro.

– Não demora.

– Não, não, você sabe que não fico sem você. Aliás, os limites do meu mundo são os seus limites em mim.

– Não precisa exagerar, caro Chico!

– Isso não é literatura, é literal. Mas vai lá, não vou te incomodar mais hoje. Quando eu acordar, te chamo – respondeu o Chico Pires.

– Eu acordo tarde, não fale comigo antes das dez.

– Pode deixar, te conheço relativamente bem, nunca lhe dirijo a palavra antes que você esteja disposta a conversar.

No dia seguinte, às dez horas, Chico Pires e o enfermeiro (chamado pelo Chico Pires de Comandante) se encontraram na popa ao lado do timão. Chico Pires olhava para a estrada delimitada por pequenas ondas que o veleiro deixava para trás. Havia uma neblina que se juntava à névoa que saía do barco, ofuscando qualquer visibilidade para além de alguns metros.

– Por que olha para o que passou para trás do barco? – indagou o enfermeiro.

– Você não gosta?

– É tudo o que faço nesse barco.

– Mas você não deveria olhar pra frente também?

– Não. Exatamente por isso aceitei a alcunha de Comandante. Neste veleiro, a direção está no rumo daquilo que se tornou passado, e o destino sempre é para a origem. Por isso, quando olho para trás, vejo o futuro.

– Que viagem!

– A maior.

– Consigo ver NADA.

– Se você for um bom observador, verá uma estátua nadando em torno do veleiro.

– Então a lenda do Mar Morto é real?!

– Sim, o fato de ser lenda não significa que é irreal, pelo contrário.

– O que mais você sabe sobre a Lenda do Mar Morto?

– Conta-se que a estátua de um poeta e várias ninfas moram numa das fossas abissais mais profundas da Terra, que fica nessa região, a alguns quilômetros deste local. Em noites de lua cheia, eles emergem e ficam nadando e brincando por aqui.

– Muita gente já viu a estátua e as ninfas?

– Não. Somente os leitores e os escritores podem vê-los. Milhares de pessoas tentam enxergá-los, mas pouquíssimos conseguem. Inclusive, há casos de especialistas em decodificação de letras que nunca os viram, mas já ocorreu de leitores semi-analfabetos relatarem inúmeras histórias por terem visto eles e até ouvido as ninfas cantando. Os leitores da região são atraídos por meio das vozes, melodias e musicalidades das ninfas e da estátua. Assim, quando qualquer escritor mergulha com páginas em branco na companhia da estátua e das ninfas, volta com um livro escrito.

– O que os não-leitores dizem sobre isso?

– Dizem que isso é coisa de gente crédula, e que acreditam em tudo que ouvem por aí, porque não querem encarar a vida como ela é. Mas é o contrário, crédulos são eles adoradores de seus delírios cheios de si. Desta forma, apenas os leitores podem imergir sem explicações nas camadas mais profundas do real.

– Mas eles ficam somente nadando, nunca vêm para a margem?

– Em um lugar próximo daqui, que se chama Prainha da Lua, houve pessoas que ficaram todo o período da lua cheia do mês sem arredarem o pé, mas não conseguiram ver a estátua e as ninfas.

– Tem muita gente que lê e absorve NADA, né?

– Exato. O mito diz que não são todos os decodificadores de textos que são leitores. Sabendo disso, há um professor numa das vilas do entorno do Mediterrâneo que leva seus alunos até a Prainha, ele conta que uma vez a estátua e as ninfas até fizeram um sarau com eles.

– Que legal! Falando nisso, vamos fazer um sarau? – perguntou o Chico Pires.

– Só se a plantinha recitar também. – anunciou o enfermeiro.

– Se eu puder recitar um trecho do seu livro inacabado, caro Chico... – disse a Chico Pires.

– Combinado! O nome será "Sarau da Chicarada". Vou começar pedindo ao Chico que recite uma música de que gosto.

– Qual? – perguntou o Chico Pires.

– *Táxi lunar,* de Alceu Valença.

– Providencial! Vamos lá: *apenas apanhei, na beira mar, um táxi pra estação lunar.*

– Continua, tá bonito...

– Não posso cantar mais por uma questão de direitos autorais, deu pra entender?

– Sim, entendi a parte cantada e a ausência do restante... – disse o enfermeiro, pegando a manga da camisa e passando sobre os cantos dos olhos.

– Bravo, bravo, vejam a simbologia dessa música! – exclamou a Chico Pires, enquanto balançava seu tronco e sacudia as folhas.

– Agora é sua vez, querida Chico Pires – declarou o Chico Pires.

– Vou recitar um trecho do conto "A taberna dos poetas sem tempo", tá?

– Vai lá! - incentivou o Chico Pires.

– "Na travessia sobre o oceano, eu não conseguia desinundar meus olhos. Após algumas horas de voo, ao passar pela maior e mais instável curvatura do planeta, eu jogava perguntas ao mar, como eu e Marla costumávamos brincar com as metáforas: se os oceanos secassem, teríamos as respostas de todas as perguntas que ali foram parar, escoadas através dos rios em barquinhos de papel, agarrando-se no profundo das fossas abissais como âncoras. Então, em sua claridão e escuridade, a terra desnuda daria explicações. Ou, por outro lado, seria apenas um ponto de visitação de vazios num templo de dúvidas enterrado por uma montanha de NADA".

– Eu não recitaria tão bem – declarou o Chico Pires, em meio aos aplausos da plateia de uma pessoa só. Nisso, a tesoura e as palavras aumentavam os retalhos em seu próprio corpo à medida em que o fim da história se aproximava.

– Lembranças, recordações e reminiscências... O que seria o ser humano, fossas abissais de histórias, não fosse o oceano das palavras? – disse o enfermeiro, passando os dedos numa vela próxima, em seguida batendo as mãos uma na outra para tirar o pó.

– O que tem a ver as palavras "lembranças", "recordações" e "reminiscências"? – perguntou Chico Pires.

– São os nomes das velas deste barco, os ventos contrários querem nos levar pra frente, mas as velas sempre se realinham e direcionam a força dos ventos para as origens.

– Eu de novo – comunicou o Chico Pires, dando um primeiro passo, caminhando próximo da passarela sem proteção e tirando toda a roupa.

– Estamos aguardando – afirmou a Chico Pires, colocando dois caules, um de cada lado no próprio tronco.

– Até a próxima história! – manifestou Chico Pires, ao pular no mar com o veleiro em movimento. No ar, lançou para cima as folhas de seus manuscritos. As folhas eram engolidas pelas ondas.

Depois que Chico Pires pulou do barco, a lenda do Mar Morto ganhou corpo e correu o mundo. Nativos contam que, desde aquele dia, em noites de lua cheia, vê-se a estátua do poeta, as ninfas e também um escritor qualquer. Alguns contam que seu corpo está envolto em algas. Outros dizem que ele se tornou uma planta marinha e faz barcos de papel manuscritos com sua seiva, colocando os barquinhos nas ondas para que viajem à deriva. E próximo do escritor, da estátua e das ninfas, um barco a velas navega ao léu, tendo como único tripulante uma plantinha. Então, quando qualquer escritor sem inspiração entra no mar para nadar com eles, deve fazer a pergunta: "o que devo fazer agora?". Então a Chico Pires grita do barco: "NADA, enquanto mergulha".

O LADO FANTÁSTICO DA LUA

Tendo a lua
Aquela gravidade aonde o homem flutua
Merecia visita não de militares
Mas de bailarinos e de você e eu
(Paralamas do Sucesso, *Tendo a lua*)

Quando os astronautas foram à lua
Que coincidência, eu também estava lá
Fugindo de casa, do barulho da rua
Pra recompor meu mundo bem devagar
(Biquini Cavadão, *No mundo da lua*)

1 ☆

— Aldrin, corre, corre! A Lua está se afastando, não vai dar tempo.

— Relaxa, Armstrong! Como se afastando se ela nem surgiu no horizonte ainda?

– É verdade! Mas algo me diz que um dia não vamos conseguir mais visitar a Lua pulando do telhado daquele casarão abandonado.

– A única coisa com que devemos nos preocupar é não contar isso na escola, nem para os adultos, senão, do jeito que eles são, vão querer colonizar a Lua e vamos perder nossa maior diversão.

– Eu queria pular primeiro hoje, você enrola demais – protestou Armstrong.

– Você sabe que o primeiro pulo é sempre mais difícil – retrucou Aldrin.

– Por que você sempre diz a mesma coisa? Há mais de um ano que subimos nesse casarão para pular na Lua.

– Então por que você não vai primeiro? Todo metido a corajoso, vai na frente, ué!

– Tudo bem, posso ir primeiro, mas não demora ir em seguida.

– Claro que vou atrás, e a partir de hoje, pode pular primeiro todas as vezes.

E os dois amigos conversam enquanto vão para o casarão. Ao virarem à esquina, não veem a ponta do telhado. Subitamente olham um para o outro e correm para constatar que o casarão fora demolido.

Aldrin e Armstrong não falam NADA.

Armstrong senta-se no meio-fio em frente ao terreno cheio de entulhos, enquanto a Lua continua seu curso. O mundo nunca dera tantas voltas numa única rotação. Aldrin vai até ao lugar onde ficava a ponta do telhado de onde saltavam. Revira tijolos, concretos despedaçados e lágrimas. Ele sobe num monte de entulhos e salta com as mãos para cima tentando agarrar algo, mas cai no chão sobre uma moita de mato. As únicas coisas que saltam e não caem são lembranças. O amigo se aproxima e estende a mão. Aldrin hesita, mas aceita a ajuda.

– Será que nunca mais sentaremos às margens do Mar da tranquilidade? – pergunta Aldrin.

Armstrong pressiona o lábio superior nos dentes inferiores, querendo dizer tanto, mas sai NADA. Então arqueia as sobrancelhas, sobe e desce os ombros, levanta o amigo e diz:

– Melhor irmos embora.

Nas semanas seguintes, ao cair da noite, todos os dias, Aldrin e Armstrong deitavam-se na grama da pracinha próxima ao casarão para olharem a Lua. E ficarem sem palavras. Certa noite, Armstrong quebra aquilo que, de alguma forma, transformara-se numa liturgia: o silêncio contemplativo diante da Lua.

– Por que não vamos até a Lua lançados por um canhão?

– Armstrong, meu amigo, você só pode estar brincando, ué! Estamos em 1938, e pelo que sei, a não ser nós dois, ninguém mais pisou na Lua, muito menos viajando através de um canhão.

– Lembra que, na aula de artes, o professor Nem disse que Júlio Verne e H.G. Wells já previram que o homem iria à Lua, quem sabe não somos nós dois?

– Mas eles são escritores de ficção, e não profetas. Não viaja, Armstrong!

– Aldrin, lembra que o professor Nem explicou que a palavra *real* vem de *ideal*, ou seja, o que vemos não é o que é, mas aquilo que queremos que seja? Ele disse também que a palavra *ficção* tem a mesma origem da palavra *facto*. Outra coisa, ninguém mais na Terra, além de nós dois, pode dizer que a ficção não é realidade. Nós não íamos à Lua uma vez ao mês, pulando do telhado de um casarão? Um canhão facilitaria bastante. Outra coisa, a ideia não é viajar? Não importa como, mas não vou sem você.

– Ok, Armstrong, vamos embarcar nessa, mas com uma condição.

– Topo qualquer coisa.

– Vamos estudar e estudar muito, pois até para fazer história tem que saber das coisas.

– Fechado, toca aqui! – decretou Armstrong, estendendo a mão ao amigo.

– Espero que não seja fogo-de-palha da sua parte. Quando começo alguma coisa, vou até o fim, você sabe – respondeu Aldrin, dando uma mão ao Armstrong, e batendo duas vezes com a outra no peito do amigo.

– Se eu soubesse que o casarão seria destruído, não tinha voltado para a Terra da última vez. Você sabe que prefiro ficar quieto no meu canto estudando e pensando, e em nosso planeta está cada vez mais difícil se dedicar a essas coisas. Sinto que minha missão na Terra é viver no mundo da Lua. Ainda que eu morra na viagem, e mesmo que minha sepultura seja o espaço sideral e meu enterro seja caírem pás cheias de vazios sobre o meu corpo, não descansarei enquanto não voltarmos à Lua.

2 ✧

O mundo deu voltas, muitas voltas. Cada um seguiu sua vida e seus estudos. Aldrin foi para a Annapolis; Armstrong, para a cidade de Wapakoneta. Contudo, não perderam a órbita um do outro, tampouco suas atrações pela Lua. Eles mantiveram o trato em segredo, e cada um foi para um estado. Armstrong entrou para o grupo de escoteiros da sua cidade e aprendeu a tocar barítono. Aldrin se deu bem no futebol e também entrou para o time de escoteiros. Ambos compreendiam que o escotismo era uma excelente forma de treinar para aquilo que os aguardava no futuro.

Quando se correspondiam por cartas, falavam por códigos e metáforas, para o caso de algum desvio de destinatário, ou qualquer interceptação, não descobrirem seus planos. Em seus códigos, o Mar da tranquilidade virou lago. O canhão se transformou em vara de pescar. A ausência de gravidade é o silêncio entre as notas musicais do universo. A distância entre a terra e a Lua é menor do que a distância entre a mente e o coração humano. O vazio lunar é infinitamente menor do que o vazio existencial humano. A saída da atmosfera da Terra é um rolêzinho mais rápido do que um poeta caminhando à beira mar. A quebra da quarta parede é a porta de entrada dos estúdios da Universal. O cosmos e o universo são um pequeno campo semântico onde jogam os romancistas.

Assim, estabelecia-se a simbologia da segunda jornada à Lua; afinal, as primeiras viagens haviam ficado na década de 1930. Porém, a próxima viagem, diziam, tomaria proporções universais, e nenhum detalhe poderia escapar da força de seus olhares. Nessa altura do tempo-espaço, Aldrin e Armstrong já estavam no fim da Segunda Grande Guerra. Em pouco tempo seria detonada a gênese da Corrida Espacial, quando então seria disparada a contagem regressiva da jornada de suas vidas.

Os dois amigos se formaram em engenharia aeronáutica, se tornaram militares, pilotos de caça da Força Aérea e paraquedistas experientes. Ambos participaram da Guerra da Coreia como piloto do F9F Panther e do F-86, e posteriormente, do avião-foguete X-15. Aldrin fez pós-doutorado em astronáutica. Sua tese "Técnicas de Encontro Orbital" e seu conhecimento em astrofísica seriam fundamentais nos estudos sobre viagem espacial e alunissagem. Frequentemente Armstrong sonhava que estava flutuando. Se expirava, perdia altitude, então, prendia a respiração e não caía mais. Numa tarde de domingo em que Armstrong resolvera dormir e descansar um pouco, seu sonho recorrente foi interrompido por um pronunciamento do presidente John Kennedy:

Acredito que esta nação deve comprometer-se a atingir o objetivo de colocar um homem na Lua e devolvê-lo em segurança à Terra antes do fim da década. Nenhum projeto espacial neste período será mais impressionante para a humanidade, ou mais importante para a exploração de longo alcance do espaço. Nós zarpamos neste novo mar porque há conhecimento a ser adquirido e novos direitos a serem vencidos, e eles precisam ser vencidos e usados pelo progresso de todos os povos. O espaço pode ser explorado e dominado sem alimentar os fogos da guerra, sem repetir os erros que o homem fez ao estender seu mandato em torno deste nosso globo. Nós escolhemos ir para a Lua! Nós escolhemos ir para a Lua... Nós escolhemos ir para a Lua!

Armstrong não precisou esperar o fim da fala do Presidente para receber a ligação do Aldrin:

– Você viu?! Nosso dia está chegando!

– Vi, sim! Acordei com as palavras dele, será que estou sonhando?

– Não, não é sonho! Pode começar arrumar as malas, o próximo passo é sermos escolhidos para a equipe. O noticiário está dizendo que os russos irão ao espaço em algumas semanas. Nosso gênio na construção de foguetes, o Dr. Wernher Von Braun, já está com um foguete pronto para colocar um satélite em órbita e abrir nossa estrada para a Lua.

– Sim, Aldrin, então venha no próximo fim de semana para Edwards, minha cidade, te levarei à base aérea onde estou trabalhando. Desde o meu casamento com a Janet você não vê minha esposa e meus filhos, Ricky e Karen. A Janet vai preparar um jantar para nós.

– Ótimo, nenhum convite poderia ser melhor que esse!

– Mas nem tudo é comemoração, temos uma notícia difícil para te dar, mas ainda não sei como dizer...

– Diz agora, vai me deixar na curiosidade?

– Desculpe, meu amigo. Você sabe o quanto sou direto, mas conversaremos quando você chegar. A coisa é mais grave do que as forças que tenho para dizer por telefone.

Armstrong mal esperou ouvir a voz do companheiro se despedindo e desligou o telefone. Aldrin ficou com o gancho na mão, sem interlocutor, por alguns segundos sem saber se extravasaria a emoção quanto ao discurso do Presidente no rádio ou se se preocuparia com a fala do amigo ao telefone.

O resto da semana se arrastou para Aldrin. Ele ainda recebeu boas notícias vindas da recém-formada NASA, mas sua cabeça estava em Edwards. Finalmente, na sexta à tarde, no fim do expediente, organizou sua mesa de trabalho com a velocidade de um caça. E embarcou no voo em direção à casa do amigo, na região das montanhas rochosas do deserto de Mojave, no sudeste da Califórnia e ao sul de Nevada.

– Fez boa viagem? – perguntou Armstrong, ao receber o amigo na saída do desembarque.

– Sim, apesar de ter achado muito lenta a aeronave – respondeu Aldrin com um sorriso de canto de boca, enquanto abraçava Armstrong e dava murrinhos em suas costas.

– Vamos ao meu trabalho primeiro, quero te mostrar a base aérea e pegar alguns livros para estudar em casa no fim de semana – disse Armstrong, pegando a mala antes que Aldrin o fizesse. – Robert Gilruth, você sabe, o coordenador do projeto Mercury Nove?

– Sim, claro, o que tem ele? – indagou Aldrin já acomodado no carro, enquanto saíam do estacionamento do aeroporto para pegar a autopista.

– Eu e alguns colegas fomos convocados para uma reunião essa semana, eu estou entre os eleitos para a primeira viagem americana ao espaço pela Gemini.

– Ah, Armstrong! Então era isso?! Meus parabéns, eu nunca tive dúvidas de que você seria escolhido. Nem me surpreendo. E pensar que você me deixou aflito todos esses dias achando que era uma notícia ruim.

– Mas é.

– É o quê?

– É uma notícia ruim.

– Qual?

— Minha filhinha, a Karen, está com câncer no cérebro.

— Como assim? Não se brinca com esse tipo de coisa, Armstrong!

O silêncio os arrastou com maior força de destino que a gravidade da Terra atrai um paraquedista que saltou de um avião militar cujo paraquedas não abriu. Silêncio maior que aquele de suas infâncias quando viram que o casarão estava demolido.

— Estágio avançado. O doutor falou que, pela evolução da doença e local em que o tumor está alojado, ela não tem muito tempo de vida, e não tem como fazer cirurgia. Desculpe não avisar antes. A doença veio de súbito, e queria te contar pessoalmente — deliberou Armstrong, olhando nos olhos de Aldrin.

— Ma-mas, você está exagerando, ou o médico está enganado! Vocês foram a outros especialistas?

— Aos melhores do mundo. Aqueles que não pudemos visitar, devido ao cansaço da Karen em fazer longas viagens, a NASA os trouxe aqui. Resumindo, como disse Franz Kafka: "há esperança para outros, não para nós" — falou Armstrong com os olhos marejados, enquanto fazia a última curva para entrar na base aérea. Desde então, o personagem silêncio tomou a direção do veículo durante todo o percurso.

— O que posso fazer por vocês? — perguntou Aldrin, cruzando o braço sobre o ombro de Armstrong, enquanto já caminhavam no pátio da base aérea.

– Quero que você peça licença do trabalho uns dias e fique conosco até o Natal. Será a terceira e última comemoração de Natal da Karen. Você pode fazer os preparativos para o jantar do dia 24? Eu e a Janet não conseguimos sequer dormir. E quando o fazemos, acordamos juntos de manhã, no chão, ao lado do berço da Muffie, nome com que carinhosamente chamamos a Karen. A Janet costuma deixar a cortina um pouco aberta para, quando o sol nascer, sermos tocados por ele. Não fecho a cortina, mas minha mente científica não me deixa esquecer que nosso pequeno sol, nossa luz e alegria, vai se apagar em algumas semanas, e então nascerá a escuridão em minha vida, disse Armstrong, parando exatamente no ponto de onde os foguetes deveriam ser lançados ao espaço.

– Meu amigo, não sei o que dizer... Mas lembre-se de que, antes de sua mente ser científica, ela é poética. Isso será preponderante em sua vida daqui em diante. Na verdade, a primeira depende da segunda. Vamos pra sua casa, mas antes quero conhecer seu escritório.

– Sim, mas que diferença isso faz agora, se vamos explicar o processo do câncer no corpinho dela ou entraremos direto na fantasia? – respondeu Armstrong, semicerrando os olhos sob a fumaça do café que acabara de ser servido na cantina ao lado de sua sala no escritório.

Não houve imprevisto. Karen viveu 3 anos e faleceu numa manhã de domingo, no dia 28 de janeiro do ano seguinte. No dia em que Armstrong e Janet comemorariam seis anos de casados. Aldrin, a pedido de Armstrong, preparou um poema para ser escrito na pedra sobre o túmulo de Muffie:

O jardim de Deus precisava de uma pequena flor
Ela cresceu por um tempo aqui embaixo
Mas com ternura Ele a recolheu aos céus
Um lugar melhor para crescer sem dor

– Aldrin, não entra na minha cabeça que a ciência tenha perdido uma batalha para uma doença como essa. Pensei até em desistir da nossa viagem – disse Armstrong, olhando para baixo, pegando uma pedra na calçada e colocando-a, com carinho, de volta à beirada de um túmulo, enquanto saíam do cemitério.

– Posso não sentir a sua dor, mas eu tenho a minha ao vê-lo assim. Vou apoiar qualquer que seja a sua decisão. Se você desistir, eu desisto também. Inclusive, os coordenadores da missão Apollo estão preocupados, talvez você seja cortado antes de você anunciar a sua saída. Você sabe melhor do que ninguém: o nível de concentração, a habilidade e o preparo físico que se exige para essa jornada é sobre-humano. Realmente, você não está em condições de focar nisso agora.

– Ontem falei com nosso diretor. Eu disse que estou mais dentro do projeto do que nunca. Farei isso pela

Muffie. Nossa viagem será um salto não apenas para vencer uma corrida espacial, mas, sobretudo, um salto para dentro dos meus abismos.

– Puxa, meu amigo, fico tão feliz por você. Além de tudo, os preparativos para a viagem ao espaço, e, posteriormente à Lua, lhe farão muito bem nesse processo para acertar seus ponteiros aqui na Terra.

– Isso. Falamos sobre você também. Nem foi preciso intervir pelo seu nome, o diretor da missão disse que o administrador geral da NASA falará conosco ainda essa semana. Ele nos dará a notícia, formalmente, que eu e você faremos parte da missão Apollo, não há outros mais preparados para as funções – declarou Armstrong, olhando pra cima, mas, pela primeira vez, sem procurar a Lua.

– Obrigado, meu amigo. Será um extenuante preparo da contagem regressiva até ao ponto de atingirmos quase 40.000 km/h, viajarmos 384.400 km, alunissar e finalmente, voltarmos em segurança. Quero que saiba que sua amizade e ver você bem me importa mais que voltar à Lua.

Sim, eu sei. Agora vamos até minha esposa e meu filho, pedi que viessem, os dois nos aguardam no carro. Mais do que nunca eles precisam de nós – anunciou Armstrong, enquanto tomavam o caminho até o carro, onde Janet e Ricky, abraçados e chorando, os aguardavam.

3 ☆

— Neil Armstrong, você consegue pensar em algo para o qual não esteja preparado? – perguntou o repórter na coletiva de imprensa, promovida pela NASA. Seria a última aparição pública dos três astronautas antes da irem à Lua.

— O inesperado, mesmo como o próprio nome diz: algo sobre o qual não se espera! Você sempre tem que esperar que algumas coisas vão dar errado, precisamos nos preparar para lidar com o inesperado – disse Armstrong, segurando o olhar nos olhos do repórter ainda por alguns momentos.

— Por que devemos gastar dinheiro para ir à Lua? – perguntou outro repórter.

— Porque é da natureza do ser humano enfrentar desafios. Somos obrigados a fazer essas coisas, assim como os cisnes cantam o canto da morte, enquanto poderiam simplesmente se resignar e chorar. Isso sem contar que a ciência voa em viagens dessa natureza – respondeu Armstrong, olhando para a cadeira ocupada ao lado, sugerindo que as perguntas fossem agora direcionadas aos seus colegas de missão.

— Michael Collins? – interpelou alguém da primeira fila.

— Pois não, pode perguntar – retrucou Collins.

— O que você vai fazer no foguete enquanto seus companheiros vão caminhar na Lua?

— Tenho mais tarefas a realizar para o bom andamento da missão que você possa imaginar. Outro dia, no Central Park, uma estátua se aproximou de mim e começamos a conversar. Ela me presenteou com um livro e disse para abri-lo e ler somente quando eu estiver sozinho na órbita da Lua, distante de tudo e de todos. Claro, farei isso quando tiver cumprido todas as minhas atividades.

— Podemos ver esse livro? – perguntou alguém no auditório.

— Não. Se nem eu o li... posso adiantar é que é um livro que trata da viagem desta estátua de poeta do banco onde ela está numa praia do Brasil até a Lua. Seu nome é Velho Dru.

— O senhor acha mesmo que voltarão vivos para a Terra?

— Tudo favorece pensar que vai dar errado. Por outro lado, não há NADA de errado em pensar que dará tudo certo – declarou Michael Collins, com a força atrativa de um buraco negro.

— Sr. Edwin Eugene Aldrin Jr.?

— Desculpe, não consigo identificar de onde vem sua voz, você poderia se levantar, por favor? – pediu Buzz Aldrin, comprimindo as pálpebras e aguçando a audição para encontrar seu interlocutor.

— Sim, claro, estou aqui – disse o repórter, colocando-se de pé no fundo do auditório.

— Oi, pode falar.

– Você não se ressente em não ser o primeiro da lista para ser o primeiro homem a pisar na Lua, mesmo sendo o mais preparado dos três?

– Eu fui o primeiro a pisar na superfície da Lua, e Armstrong foi o segundo, mas isso foi há algumas décadas quando ainda éramos crianças. Desta vez, vou ceder meu lugar ao meu amigo de infância, terei a honra em estar ao lado do primeiro em toda a missão – respondeu Aldrin, olhando o tempo todo para Armstrong à sua esquerda.

– Armstrong?

– Oi?

– Aqui – disse uma estátua, de pé na entrada do auditório.

– Ok, pergunte, por favor – respondeu Armstrong.

– Você acha que poderá se encontrar na Lua com a Muffie, sua filha?

– É tudo que eu queria... – respondeu Armstrong fazendo uma pausa. E continuou: – Mas sei que ela se foi pra sempre, porém, mesmo sabendo disso, meu olhar vai trair minha racionalidade e vai procurar nas sombras da Lua pelo sorriso de minha filha – concluiu o astronauta, enquanto um silêncio se abatia sobre o ambiente.

– Senhoras e senhores, leitores e leitoras! Para fechar nosso evento, vamos ouvir o Frank Sinatra. Além de cantar, ele tem algo a contar – anunciou, sem muita cerimônia, o mestre de cerimônias Ernest Hemingway.

Em seguida, Frank Sinatra, vestido com uma jaqueta de astronauta com as insígnias da missão Apollo, entrou pela porta lateral. As luzes do auditório se apagaram e incidiram quatro lâmpadas, direcionadas uma no cantor e as outras nos três astronautas. Sinatra se posicionou no meio do palco, a plataforma na qual estavam Armstrong, Aldrin e Collins. Suas mesas estavam dispostas em círculo, e começaram a girar em torno do artista. Então Sinatra declarou:

— Há alguns anos, tive a sorte de estar no percurso da Apollo 1. Eu estava fazendo um show em Las Vegas, os astronautas Gus Grisson, Ed White e Roger Chaffee estavam a caminho da base aérea e pararam para irem ao meu espetáculo naquela noite. Então, conduzidos pela produção do evento, sentaram-se na primeira fila. Ofereci-lhes a canção *'New York, New York'* e pedi ao público que cantasse pra eles. Então, chamei-os para subir ao palco. Eles vieram acanhados. Para deixá-los à vontade, eu disse ao Gus como sua jaqueta de astronauta era linda. Imediatamente, ele a tirou e me entregou. Chorei ali mesmo, como nunca havia chorado num palco. Dez dias depois, quando eles morreram presos e queimados, num teste de solo, chorei ainda mais. Hoje, mais uma vez, estou no caminho de vocês, agora da Apollo 11. Visto a jaqueta de Gus, vosso companheiro de missão, mas vim para dizer que vocês irão e voltarão, pois os erros do projeto cometidos naquela ocasião, e quaisquer outros possíveis, foram sanados.

Vocês representarão a música fora da Terra. Estou seguro de que os melhores estiveram e estão diante de mim agora. Desculpem-me se eu embargar a voz ao cantar, mas a música, que fiz para esse momento e cantarei para vocês chama-se:

NEW WORLD, NEW WORLD

Espalhe a notícia
Vamos partir em breve
Eu sou parte disso
Novo Mundo, Nada Mundo

Quem gostaria
de ouvir meu coração rouco?
Minha voz pulsa
no fundo do Mar Morto

No fundo, no fundo
não estou disposta a ser deposta
Por isso, ponho as cartas na mesa:
Por vocês sinto dores
e contrações de parto
Decidam de qual lado vão ficar
Se do lado dos servos no mundo da Lua
ou do lado dos bilhões de imperadores
dos velhos impérios
Novo Mundo, Nada Mundo

*Vocês querem pousar para além
da minha atmosfera
e voar com as próprias asas?
Sejam menos fortes e mais leves
Lembrem-se dos que morrem de fome
dentro de mim, vossa própria casa*

*Parem de esfolar a pele uns dos outros
Coisa que nenhuma fera do campo faz
Ó homem incivilizado, ó homem cindido
Novo Mundo, Nada Mundo*

*Quem gostaria
de ouvir meu coração rouco?
Minha voz pulsa
no fundo do Mar Morto*

*No fundo, no fundo
Muitos estão mortos em pé
Não precisaria ir tão longe
com emblema de carroça
na lataria dum foguete*

*Apenas não surfe
as ondas gravitacionais do egoísmo
Que se formam nas entranhas da cidade
Conheça a si mesmo
mergulhando em mim*

Desculpe, sei que há pouca esperança
Mas ainda tenho fé na humanidade
Novo Mundo, Nada Mundo

No fundo, no fundo
há com o que se preocupar
Não em ganhar corridas
Não em se dedicar às conquistas
Vocês já foram à Lua
Alguns aqui até vivem lá
Desejo sorte em seu retorno
Estarei com a voz embargada
No fundo, no fundo do oceano

Quem gostaria
de ouvir meu coração rouco?
Minha voz pulsa
no fundo do Mar Morto

Esperarei que o vento diga ao poeta
e o poeta venha me contar:
"Depois que pisaram na Lua
Eles caíram em si"
Então cantarei com todas as notas
Dó ré mi fá na Lua fi ca só

*Quem gostaria
de ouvir meu coração rouco?
Minha voz pulsa
no fundo do Mar Morto.*

Ao fim, Sinatra estendeu a mão, sinalizando que os aplausos esperassem um momento. Ele tirou a jaqueta de um braço, depois do outro. Retirou-a completamente. Foi na direção de Armstrong e a entregou a ele, dizendo:
– Sei que Gus foi seu vizinho e certa vez ele arriscou a própria vida para ajudar a salvar sua família, Armstrong, de um incêndio na sua casa. Sei também que você várias vezes se perguntou por que não estava lá no dia da morte dele para salvá-lo também. Não se preocupe, o Gus vai conosco. Esteja com essa jaqueta no próximo dia 16.
Em seguida, o auditório, de pé em cima das cadeiras, numa forma de ficar entre a Terra e a Lua, irrompeu de seus corações roucos: gritos e aplausos.

4 ✪

– Cabo Canaveral, Houston, Planeta Terra, aqui é a Base Tranquilidade. O Eagle pousou como uma coruja, levantando levemente a poeira lunar. Nossos primeiros passos na Lua já são história, disse Armstrong em tom firme e musical.

– Câmbio, Tranquilidade! Como estão se sentindo? – perguntou o responsável pelo controle da missão.

– Como o homem que pulou do topo do Empire State Building sem paraquedas e dizia ao passar por cada andar: "até agora, tudo bem" – respondeu Armstrong, sem fazer questão de esconder a euforia.

– Houston, estamos a alguns metros da nave de desembarque, coletando amostras do solo e das rochas, câmbio – declarou Aldrin, enquanto olhava Armstrong caminhando em direção a uma área fora da iluminação do sol. Justamente no local onde saltavam da Terra para a Lua quando eram crianças. – Nesse momento, Armstrong está pegando no bolso os corações em cinzas dos astronautas falecidos americanos e russos: Grissom, White, Roger, Komarov e Gagarin – disse Aldrin, caminhando na direção do amigo para juntarem-se naquela solenidade de sepultamento cósmico.

– Avise ao Neil que vocês terão 15 minutos além do estimado, as tarefas estão sendo cumpridas antes do tempo estabelecido. Aproveitem, será vosso recreio – brincou a voz que vinha do Houston.

– Considerando o *delay* que sua voz demora para chegar, e ainda que o tic-tac aqui caminhe noutro compasso, pode ser que voltemos em alguns anos terrestres – replicou Aldrin no mesmo tom.

– Demorou, hein? – protestou Carlos Drummond de Andrade, às margens do Mar da Tranquilidade, no lado escuro da Lua, a alguns metros do *terminator*, linha que divide a Claridão da Escuridade.

– Nem te conto a canseira que foi vir de foguete – retrucou Armstrong.

– Das vezes que vocês vieram pulando do telhado do casarão, era mais divertido, né?

– Sem dúvidas, mas o casarão foi demolido – respondeu Aldrin.

– Faltou leitura e criatividade para vocês, não precisaria todo esse esforço – assegurou Drummond.

– Mas, Drummond, você não entendeu, é que...

– Chega! Não entendi e nem quero. Está ficando enfadonho isso, vocês gostam demais de explicações. Apenas leia um poema e pule pra dentro.

– Tá bom, entendi sobre cair logo pra dentro. O que vocês fizeram enquanto estivemos fora? – perguntou Aldrin.

– Festas, poesias, mergulhos, escrevemos livros. Enfim, fizemos história!

– Viajaram no tempo? – questionou Armstrong, achando que isso eles não teriam feito.

– É o que mais fazemos.

– Trouxemos um viajante do tempo-espaço conosco, gostaria de apresentá-lo – disse Armstrong.

– Quem?! – indagou Drummond, com os olhos arregalados de poeta.

– Velho Dru, corre aqui – convocou Armstrong, seguido do próprio assobio.

– Você sabe que não sou dado a correrias – retorquiu o Velho Dru, aproximando-se lentamente e rangendo as articulações.

– ? – exprimiu o Drummond, ao perder o ar diante do Velho Dru.

– ! – expressou o Velho Dru, respirando, pela primeira vez na vida de metal talhado, o ar que Drummond perdeu.

– Você é meu duplo ou estou diante de um espelho fosco? – perguntou o poeta, enquanto regava uma lavoura de girassóis com palavras saídas dos furos de um regador.

– Nem um nem outro, tenho minhas particularidades – rebateu o Velho Dru, e já emendou uma pergunta: – Como esses girassóis vivem sem a luz do sol?

– Numa parte do tempo, se retorcem e se olham para dentro; na outra metade, se suportam e se escoram nos troncos uns dos outros. A vida corre por esses dois movimentos pendulares. Mas deixa isso pra lá. O que você achou deste lugar?

– Atraentemente desolador, uma solidão aconchegante, *"parece um lugar vasto, solitário e ameaçador, uma extensão de* NADA*"*. Ambiente perfeito para gêneses de universos – respondeu o Velho Dru.

– Você tem razão em quase tudo, não quanto à solidão.

– Se pensar bem, você está certo, Drummond. No banco em Copacabana onde me colocaram, a solidão é quem acompanha as multidões, mas aqui não há multidões para se sentirem só. Como você veio parar aqui?

– Fui imediatamente transportado pra cá quando o fotógrafo bateu o dedo no obturador tirando aquela foto minha em que eu estava sentado no banco em Copacabana. Vários artistas, poetas, cientistas, personagens e animais se reúnem aqui. Fique à vontade, apenas tente não prender o tempo às margens do Mar da Tranquilidade, não é isso, Armstrong? – perguntou o Drummond.

– Sim, eu e o Aldrin ficamos algumas décadas fora, mas estamos de volta.

– Cadê o resto do pessoal? Vamos até eles, o que estamos esperando? – convocou o Velho Dru.

– Estamos próximos do ponto onde veremos o pôr de Mercúrio, vamos – invocou o Drummond tirando a caneta detrás da orelha, apontando o local para onde deveriam ir.

– Armstrong, Aldrin, sejam bem-vindos às Cataratas do NADA, quero que conheçam alguns amigos – declarou Drummond, ao chegarem à beira dum precipício.

– Olá, rapazes, estamos reunidos num evento único deste universo escrito na linha do horizonte. Pela primeira vez na história, dois homens unem, numa viagem, a fantasia da terra com a realidade da Lua, usando o conhecimento científico e a poesia. Desta forma, eles chegaram aqui tanto por meio da realidade da ficção como pela exatidão das ciências imaginativas – disse o poeta Antônio, ao lado da tartaruga Bubuixi e do beija-flor-preto-asas-de-faca.

– E qual a diferença das formas de vir pra cá? – perguntou o lunático Marco Rios, ao se aproximar do astronauta e do poeta, caminhando junto com o coveiro Viomar, com uma pá sobre os ombros.

– Nenhuma. Com os astronautas, a humanidade apenas vai conhecer mais uma possibilidade – interveio Aldrin, limpando o vidro de seu capacete lunar com um paninho úmido que pegou emprestado no bolso do Velho Dru.

– Mas quem vai acreditar nessa história absurda? – insistiu o coveiro Viomar.

– Os leitores, caro coveiro, os leitores. Eles sabem que dos maiores absurdos se desenterram as maiores histórias – respondeu Vinicius de Moraes, que chegou tirando as sandálias.

– Vocês se reúnem somente aqui? – questionou o Velho Dru.

– Não. Frequentemente, nos reunimos em outros planetas, mas preferimos aqui. Aliás, Aldrin, pode retirar essa indumentária astronáutica, ficar sem ar entre nós é coisa corriqueira. Você não notou, mas o Armstrong já tirou a dele. Melhor correrem, o Bruce Springsteen já vai começar *'Dancing in the dark'* – disse Drummond.

– É mesmo, como eu poderia me esquecer? Nunca precisei dessa roupa na Lua!

– Venha, Aldrin! Neste ponto do Mar da Tranquilidade, nas Cataratas do NADA, nunca viemos. Todos estão dando *tibum* no vazio, até o Corcunda de Notre-Dame pulou! – gritou Armstrong se deixando levar pelas correrdeiras de coisa nenhuma ao som de Springsteen.

– Não tem segredo? – perguntou Aldrin.

– Claro que tem, e sempre terá. Por exemplo, olha a revoada de beija-flores-asas-de-faca passando, pingando e escoando sangue pelas valas da Lua.

– Este é o paraíso dos corcundas. Por onde deito meus fatigados olhos de furação, vejo somente pó. Aqui meu coração se desfarela em paz! – anunciou o Corcunda, ressoando sua voz vinda de todos os lados.

– Isso aí, rei dos bobos, só ouvi mentiras! – gritou o lunático Marco Rios, levantando os punhos com as mãos abertas.

– Armstrong? – interpelou Drummond, tocando levemente o ombro do astronauta.

– Sim, poeta.

– Venha comigo, quero lhe servir um bolo de cenoura, feito por mim, especialmente para você.

– Pra mim? Quanta honra.

– A receita foi minha filha, Maria Julieta, que me deu. Ela fazia todas as vezes que eu ia na casa dela – declarou Drummond, após os dois se afastarem alguns metros da movimentação, chegando à mesa posta.

– Está meio esquisito, mas deve estar gostoso – ironizou Armstrong.

– Gosto tanto desse bolo que sempre pedia a receita à minha filha, mas ela não dava. Alguns dias antes de morrer, ela escreveu a receita, me entregou e disse: "Você vai fazer esse bolo somente após minha morte, e vai reviver os momentos que tivemos enquanto nos servíamos junto com café. Nunca te dei a receita porque eu não queria que o senhor comesse sozinho, mas somente comigo". Dei uma risadinha de canto de boca, penetrei *surdamente no reino das palavras*, dobrei a receita e falei NADA. Foi a última vez que nos reunimos para comer o bolo. Na mesma semana ela foi internada em função de um câncer, em poucos dias ela morreu. Hoje é a primeira vez na minha vida que faço um bolo, gostaria de dedicar o primeiro pedaço a você.

– Drummond, não tenho palavras – confessou o astronauta.

– E alguém as tem? – perguntou o poeta.

– Será o bolo mais gostoso que comi! – afirmou Armstrong sem saber onde olhar e colocar as mãos.

– Não precisa comer se estiver ruim, mas olha a letra da Julieta nesta receita em papel de padaria. Descubra as camadas do preparo, repara a poesia dos verbetes: Misturar. Peneirar. Bater. Triturar. Trigo. Recipiente. Gema. Pitada. Forno. Pó, hmmm, pó! Xícara. Quebre os ovos. Mexa. Cobertura. Fôrma, essa não gosto tanto. Fogo baixo. Mas as palavras que mais gosto são "liquidificador" e "empelotar". Nunca escreverei um poema tão belo, Armstrong!

– Você acha que um dia superaremos a perda de nossas filhas, Drummond? Tenho lutado contra a morte todos os dias, e perco um pouquinho mais a cada dia.

– Não se pode superar a perda de uma filha, esse é o lado claro e óbvio. O lado escuro e misterioso é que viver é insuperável! Nunca fiz força para viver, apesar do desânimo ser a tendência natural do meu espírito. Sempre acreditei que chegamos mortos ao último suspiro. Por esse motivo, penso que, para muitos, a morte é o instante mais lúcido do ser humano, porém o mais incomunicável. No fundo, minha disposição em desenterrar pedaços de cadáveres em forma de sílabas mostra o quanto espero algo de alguma coisa que não conheço. Afinal, se a palavra fica quando se perde tudo, então nos resta somente o que interessa ainda ter. Mas, amigo, está chegando a hora de nos despedirmos, vamos voltar ao pessoal?

– Ah, sim. Enquanto conversávamos, tive a percepção que o tempo havia parado! – respondeu Armstrong, esperando que Drummond tomasse o caminho de volta às Cataratas do Nada.

– Gostaria que você desse adeus à turma – disse Drummond olhando para trás, indo na frente, deixando pegadas no pó com seus pés descalços.

5 ✡

— Antônio e Marla, Frankenstein, Anne Frank, Viomar, Marco Rios, Modigliani, Beija-flor-asas-de-faca, Corcunda, Esmeralda e Caio, Velho Dru, Bubuixi, Vinicius e Cora que estão aí ao fundo e abraçados, enfim, todos os acorcundados da Terra, que caminham eretos na Lua, aproximem-se, por favor. Os astronautas estão de partida. Pedi ao Armstrong que deixe a metade de seu coração partido conosco – pronunciou Drummond, sentando-se num banco de praça com a seguinte inscrição talhada em mármore: "Na linha do horizonte está escrito um universo". Então, Armstrong, iniciou sua fala com uma longa pausa. E continuou:

— Com os olhos de fossas abissais marejados de oceanos, eu, Aldrin e Velho Dru viemos nos despedir. A jornada de vir à Lua novamente foi incrível, nossos nomes estarão na história nos próximos milhares de anos na Terra. Mas isso se compara à travessia que fazemos nessa existência-relâmpago em que todos estamos inseridos. Aprendi com vocês que quanto mais conhecemos o espaço, mais nos desdobramos para dentro de nós mesmos. Aqui o presente ganha uma materialidade de portal. Não um portal que leva até o passado, nem é uma porta na qual entro para o futuro. É um lugar por meio do qual me atravesso. Dessa forma, percorro a maior distância de qualquer mundo criado.

"Perdi minha filha, Muffie. Quando ela se foi, não vi mais motivo de ficar na Terra. Foi muito difícil vir aqui da forma como viemos agora, as possibilidades de dar tudo errado eram, e ainda são, incrivelmente maiores. Contudo, não fosse a memória da Muffie, não chegaríamos aqui e não nos encontraríamos na Lua, amigos acorcundados. Estamos num minúsculo pontinho na galáxia, se pudéssemos olhar em nossa direção de fora da Via-Láctea, seríamos infinitamente invisíveis. Por outro lado, o mais intrigante é que 'estamos', e a cons-ciência de 'estar' é incrivelmente absurda e maravilhosa. Isso tem peso eterno. E mais, senhoras e senhores, leitores e leitoras: somos os únicos seres humanos do universo. E se houver vida mais inteligente noutros lugares, certamente humanos não são.

Quero ainda falar do meu amigo Michael Collins, que ficou na nave. Sozinho. Entre as órbitas dos corpos mais densos do universo: as palavras. Nenhum personagem na travessia cósmica da vida humana ficou mais isolado do que ele. Collins disse que, enquanto estivéssemos aqui, leria um livro que ganhou de uma estátua quando passeava sozinho no Central Park. Dessa forma, ele veio conosco, ele está nos lendo neste momento. Agora sei quem é a estátua que o presenteou com o livro.

Em nosso retorno, haverá um momento em que perderemos a órbita da Lua, quando seremos agarrados novamente pela gravidade da terra. Mas as memórias que tivemos juntos nesse universo de ritmos, letras, matemática e música, estão talhadas em meu imaginário de pedra trabalhada em cinzel de escultor. Assim, nunca, nunca, nunca minhas lembranças sairão da atração gravitacional de vocês. Se nos veremos novamente, não sei; provavelmente não, mas o livro que Collins tem em mãos vai contar tudo. Revisitarei nossas histórias no livro, numa narrativa em abismo, que será mais real do que esta realidade imediata.

Entrarei para a história como o primeiro homem a pisar na Lua, a foto da pegada de minha bota na areia da Lua fará parte do imaginário da humanidade, porém, nós e nossos leitores sabem: quem pisou antes de mim foi o Velho Dru. Ainda na nave, o comissionei que ele fosse o primeiro. Então, solenemente, ele retirou os sapatos e as meias de metal, esticou e movimentou os dedos, desceu a escada e marcou a Lua com a pegada de seus pés. Assim deve ser. A poesia chega primeiro. E permanece depois quando as luzes se apagarem e a festa acabar. Ah, só mais uma coisa: nós somos um universo na linha do horizonte dos habitantes de uma cidade na Terra, chamada: Corcundópolis."

Ao encerrar, Drummond recebeu um abraço de Armstrong. O poeta lhe entregou algo e disse:

– Leve esse pacote, nele está o resto do bolo de cenoura. Reparta-o com seus amigos quando chegarem à Terra na primeira oportunidade que estiverem olhando para cá.

Armstrong e Aldrin se despediram do poeta e de todos os luanienses, e voltaram andando de costas para a nave, nas mesmas pegadas que os trouxeram. Drummond e o Velho Dru os seguiram de mãos dadas, também de costas, a poucos passos de distância. De repente, o Mar da Tranquilidade subiu a maré de NADA, desaguando lavas de bocas fechadas.

– Vamos, Drummond, temos um lugar pra você na Apollo, vai apertado, mas vai! – disse o Velho Dru.

– Não, meu lugar é aqui, sempre foi. No passado, nas vezes em que fui à Terra, foi um extenuante sacrifício que não desejo viver novamente. Vamos fazer diferente: volte mais vezes, e traga mais leitores deslocados e corcundas – respondeu Drummond, parando em frente à nave, estendendo os braços, sugerindo um abraço.

Os dois se despedem; o homem poeta limpa uma lágrima da estátua poeta. O Velho Dru entra na espaçonave na companhia dos astronautas, todos tomam seus assentos.

Durante a viagem de volta, a tripulação permaneceu imersa no vácuo dos verbetes. Quando chegaram ao ponto da teia espaço-temporal onde Armstrong havia indicado que sairiam da órbita da Lua, ele olhou pela janela na direção do nosso satélite natural. Enquanto isso, o vidro da janela refletia a Terra, revelando uma visão única: o Mar da Tranquilidade lunar se sobrepondo perfeitamente a uma parte do oceano Atlântico e ao Mediterrâneo inteiro.

Então, o Velho Dru chamou Armstrong; ele não notou. Em seguida, a estátua tocou no joelho do amigo, que, por sua vez, novamente não se deu conta. O Velho Dru insistiu, e Armstrong voltou o olhar distante para os olhos reluzentes da estátua, que perguntou:

– Você pode abrir a janela, por favor?

Assim, paralelamente ao ato de Armstrong destravar o trinco e abrir a janela, o Velho Dru tirou o caderno de anotações que estava em seu colo. Destacou todas as folhas escritas do caderno, que sempre carrega consigo, e fez o lançamento, espaço afora, do diário de viagem que estava escrevendo.

6 ✧

– A poesia acabou. A estátua não vai voltar. Estamos perdidos! – reconheceu uma das centenas de pessoas que se reuniam aos pores do sol em torno do banco vazio, no qual estava a estátua do poeta Drummond.

– Ele descerá do morro. Há quem jura tê-lo visto subir no Mirante da Babilônia e morar na comunidade. Escreveu letras de samba, comeu feijoada, tomou caipirinha e dançou nos bailes, disse outro de costas para o mar, elevando os olhos aos montes.

– Gente, ele virá do mar, nesta direção – apontou o vendedor ambulante. – Alguns leitores disseram que ele foi visto nadando às margens do Mar Morto.

– Vocês acreditam em tudo, não questionam nada! A estátua foi roubada, seu bronze já virou miçanga, e está sendo vendida aos pedaços nesse calçadão, cambada de crente! – protestou o membro fundamentalista da religião ensimesmista.

As suposições eram tantas quantas a quantidade de gente. O número de visitantes multiplicou-se no local nos últimos meses. Leitores e apaixonados por Drummond ficavam indignados: como pode uma estátua tão icônica da cultura do nosso povo e da literatura brasileira e mundial ser roubada?

Uma romaria cada vez mais numerosa sobrevinha, especialmente, no fim do mês de outubro, que é a data do aniversário do poeta. Romeiros vinham de várias partes do Brasil. Virou tradição fazer de joelhos o percurso do Leme, da estátua de Clarice Lispector, até chegarem para se maravilhar ante o "vazio do Velho Dru", termo popularizado na cidade.

O banco tornara-se altar. Pediam NADA. Apenas agradeciam as ironias e o mistério da poesia, julgando providencial a presença daquela esmagadora ausência. A despeito da incredulidade de alguns, os leitores sabiam: o poeta vai voltar. Outros passavam caminhando no calçadão ou de carro na rua e se perguntavam: que povaréu é esse? Mas, na esquina seguinte, eram tomados por sentimentos oceânicos que não sabiam de qual procedência eram.

De repente, na boca da noitinha, uma bola de fogo surgiu acima da linha do horizonte, seguida de um estrondo. Um objeto voador não identificado caiu no mar a algumas centenas de metros da praia. Um bêbado que morava numa calçada da rua Joaquim Nabuco, tomando café quente e amargo, sentado no calçadão, com um rádio de pilhas à orelha, gritou:

– É a cápsula da Apollo 11. Corre lá!

7 ✧

– Você gostaria de se tornar humano? – gritou, das pedras do Forte de Copacabana, o escritor deste livro ao seu personagem, o Velho Dru, enquanto ele saía da capsula da Apollo 11, que caiu no mar a noroeste do Forte.

– Você gostaria de se tornar estátua? – respondeu o Velho Dru, ao saltar da cápsula, nadando até chegar às pedras onde estava este escritor.

– Sua pergunta é literal ou literária? Não é você professor de leitura das ondas do mar? – indagou este escritor, molhando os pés descalços na marola da praia, esperando o Velho Dru, que jogava água pra cima.

– Sim, sim. Você tem razão nessa loucura – disse o Velho Dru, enquanto fazia um funil com a mão e deixava a areia escorrer para a outra mão de metal, como num movimento de ampulheta.

— Nosso tempo está acabando — determinou o escritor desta narrativa.

— Como estátua nesse banco, posso ceder a vez sem sair do lugar. Aqui as pessoas falam, falam, choram, riem, recitam meus poemas para mim, como se eu fosse um estranho a mim mesmo, e talvez seja. Mas uma vez humano novamente, voltarei a ser removido dos meus lugares. A cadeira na Biblioteca Nacional, por exemplo, quantas foram as vezes em que o Drummond não podia se sentar porque havia alguém ocupando o assento no qual ele mais gostava de ficar?

— Nosso tempo está acabando. Apesar de eu ser o escritor deste livro, diga o que devo fazer — disse este escritor.

— Sei disso desde o início deste livro do qual somos personagens, escritores e leitores ao mesmo tempo. Por isso estivemos juntos em nossas viagens daqui até a Lua.

— Como devo terminar a história, Velho Dru?

— Você que está escrevendo... resolve aí.

— Tenho algumas opções de finais, Velho Dru: modernas, pós-modernas, fechadas ou abertas. Porém, ninguém melhor que você para decidir o fim. Você saiu do seu banco no Rio de Janeiro, caminhou nas circularidades humanas para além das bordas de um universo escrito na linha do horizonte. Em sua jornada, essa personagem atende, como médico, um beija-flor-preto-asa-de-faca voando e sangrando com facas no lugar das asas. Como um garçom, serve cafezinho a uma sapa que está para pular do décimo primeiro andar. Nada às margens de um barco de loucos, e na companhia dalgumas ninfas do fundo do oceano. E tantas outras histórias, para enfim, viajar com Neil Armstrong para a Lua.

– Estava indo tão bem, de repente você resolve fazer um resumo?! Está querendo ganhar tempo?

– Não, senhora, velha estátua! Lá estou preocupado em como terminar a história de alguém? Não vou interferir. A vida é sua; a história, de quem lê. Não fosse por isso, eu não estaria aqui. Comecei como leitor, você me colocou como narrador, mas agora recolho os dedos das teclas para terminar da forma que iniciei: lendo.

– O que vocês estão cantando, jovens? – ressoou uma voz que o escritor e a estátua não identificaram de onde vinha, enquanto caminhavam pelo calçadão.

– Jovens, aqui, aqui. O que vocês estão cantando?

– ?! – estátua e escritor se olham entendendo NADA.

– Ei? Não estão me vendo? Como podem ler e não cantar? – interpelou uma voz musical.

– Ah sim! É Velho Tom, como pude não reconhecer sua voz? – declarou o Velho Dru.

– Velho Tom?

– Sim, a estátua do Tom Jobim. Ela é nova por aqui.

– Oi, Velho Tom! Chega mais, o que foi mesmo que você perguntou? – questionou o escritor.

– Que-ro-sa-ber-o-que-vo-cês-es-tão-can-tan-do – perguntou a estátua de Tom Jobim.

REFERÊNCIAS BIBLIOGRÁFICAS

NA LINHA DO HORIZONTE ESTÁ ESCRITO UM UNIVERSO

⇒☆

Se procurar bem, você acaba encontrando. Não a explicação (duvidosa) da vida, mas a poesia (inexplicável) da vida. ANDRADE, Carlos Drummond de. **Corpo**. In: Lembrete. 1ª ed. Rio de Janeiro: Editora Record, 2023, p. 59.

Meu poema "Momento Feliz" é a pior coisa deste mundo. ANDRADE, Carlos Drummond de. **Carlos e Mário**: Correspondência de Carlos Drummond de Andrade e Mário de Andrade. In: Carta 44. 1ª ed. Editora Bem-Te-Vi. 2003, p. 240.

Era tão de tal modo tão extraordinário, que cabia numa só carta. ANDRADE, Carlos Drummond de. **Antologia poética**. In: Mário de Andrade desce aos infernos. 1ª ed. Rio de Janeiro: Editora Record, 2022, p. 112.

Como a cara que Deus me deu não é das mais simpáticas, e costuma ficar ainda pior quando fotografada, costumo fugir das objetivas como o diabo foge da cruz. Drummond em entrevista a Humberto Werneck, pela **revista VEJA**, n 478, de 2/11/1977.

Por isso sou triste, orgulhoso: de ferro. Noventa por cento de ferro nas calçadas. Oitenta por cento de ferro nas almas. ANDRADE, Carlos Drummond de. **Antologia poética.** *In*: Confidência do itabirano. 1ª ed. Rio de Janeiro: Editora Record, 2022, p. 56.

Da lei meu nome é tumulto, e escreve-se na pedra. ANDRADE, Carlos Drummond de. **Antologia poética.** In: Nosso tempo. 1ª ed. Rio de Janeiro: Editora Record, 2022, p. 138.

Que saudade imensa do campo e do mato/ Do manso regato que corta as campinas/ Eu vivo hoje em dia sem ter alegria/ O mundo judia, mas também ensina. Trecho da música **Saudade da minha terra**, de Belmonte e Amaraí, 1966.

Hoje quedamos sós. Em toda parte, somos muitos e sós. Eu, como os outros. Já não sei vossos nomes nem vos olho na boca, onde a palavra se calou. ANDRADE, Carlos Drummond de. **A rosa do povo**. In: Mas viveremos. 1ª ed. Rio de Janeiro: Editora Record, 2022, p. 145.

Pois de tudo fica um pouco. Fica um pouco de teu queixo no queixo de tua filha. De teu áspero silêncio um pouco ficou. ANDRADE, Carlos Drummond de. **Antologia poética.** In: Resíduo. 1ª ed. Rio de Janeiro: Editora Record, 2022, p. 77.

como ficou chato ser moderno, agora serei eterno. ANDRADE, Carlos Drummond de. **Antologia poética.** In: Eterno. 1ª ed. Rio de Janeiro: Editora Record, 2022, p. 268.

José. ANDRADE, Carlos Drummond de. **Antologia poética.** In: José. 1ª ed. Rio de Janeiro: Editora Record, 2022, p. 23.

Sete faces. ANDRADE, Carlos Drummond de. **Antologia poética.** In: Poema de sete faces. 1ª ed. Rio de Janeiro: Editora Record, 2022, p. 14.

A festa acabou, a luz apagou. ANDRADE, Carlos Drummond de. **Antologia poética.** In: José. 1ª ed. Rio de Janeiro: Editora Record, 2022, p. 23.

No mar estava escrita uma cidade. ANDRADE, Carlos Drummond de. **A rosa do povo.** In: Mas viveremos. 1ª ed. Rio de Janeiro: Editora Record, 2022, p. 145.

No campo ela crescia, na lagoa, no pátio negro, em tudo onde pisasse alguém, se desenhava tua imagem. ANDRADE, Carlos Drummond de. **A rosa do povo.** In: Mas viveremos. 1ª ed. Rio de Janeiro: Editora Record, 2022, p. 145.

Cerradas as portas, a luta prossegue nas ruas do sono. ANDRADE, Carlos Drummond de. **Antologia poética.** In: O lutador. 1ª ed. Rio de Janeiro: Editora Record, 2022, p. 218.

SOPRO

=☆

A vida não é nada mais que uma explosão ocasional de risos sobre um interminável lamento de dor. Frase do filme "Dedication", traduzido por **Uma história de amor,** dirigido por Justin Theroux, 2007.

Pra nunca mais ter que saber quem eu sou. Pois aquele garoto que ia mudar o mundo, agora assiste a tudo em cima do muro. Trecho da música **Ideologia**, de Cazuza, 1988.

De onde me virá o socorro? Livro de **Salmos**, capítulo 121, verso 1.

Falhei em tudo./ Como não fiz propósito nenhum, talvez tudo fosse nada./ Que sei eu do que serei, eu que não sei o que sou?/ Ser o que penso? Mas penso ser tanta coisa!/ Nem haverá senão estrume de tantas conquistas futuras./ Não, não creio em mim./ Em todos os manicómios há doidos malucos com tantas certezas!/ Vejo os cães que também existem,/ E tudo isto me pesa como uma condenação ao degredo,/ Talvez tenhas existido apenas, como um lagarto a quem cortam o rabo/ E que é rabo para aquém do lagarto remexidamente./ Como um cão tolerado pela gerência./ Um cliente saiu da Tabacaria./ Ah, conheço-o: é o Esteves sem metafísica./ Como por um instinto divino o/ Esteves voltou-se e viu-me./ Acenou-me adeus gritei-lhe Adeus ó Esteves!, e o universo/ Reconstruiu-se-me sem ideal nem esperança, e o Dono da Tabacaria sorriu. PESSOA, Fernando. **O poeta fingidor**. In: Tabacaria. 1ª ed. São Paulo: Globo, 2009, págs. 24, 25, 27 e 30.

DÉVORA DESPEDAÇADA

Mas não tente se matar. Pelo menos, essa noite não. Trecho da música **Essa noite, não**, de Lobão, 1989.

TABERNA DOS POETAS SEM TEMPO

A luz apagou. ANDRADE, Carlos Drummond de. **Antologia poética.** In: José. 1ª ed. Rio de Janeiro: Editora Record, 2022, p. 23.

Você acredita que o passado afeta o futuro, nunca pensou que o futuro afeta o passado? [organizadores] CASARES, Adolfo Bioy; BORGES, Jorge Luis; O CAMPO, Silvina. **Antologia da Literatura Fantástica** In: Onde o fogo nunca se apaga, de May Sinclair. 1ª ed. São Paulo: Companhia das Letras, 2019, p. 393.

FESTA LITERÁRIA INTERPLANETÁRIA DOS CORCUNDAS

Encontraram, entre tantas carcaças horríveis, dois esqueletos que chamavam a atenção, pois um curiosamente abraçava o outro. Num dos esqueletos, o de mulher, restavam ainda alguns farrapos de um vestido que um dia foi branco. O outro, que estreitava o primeiro nos braços, era um esqueleto de homem. Podia-se ver que tinha a coluna vertebral com forte desvio, a cabeça enfiada entre as omoplatas e uma perna mais curta que a outra. Não apresentava, além disso, ruptura de *vértebra na nuca, evidenciando que não fora enforcado. O homem a quem aqueles ossos haviam pertencido, então, viera até ali, e ali morrera. Quando quiseram separá-lo do esqueleto que ele enlaçava, ele se reduziu a pó.* HUGO, Victor. **O Corcunda de Notre Dame.** 1ª ed. Rio de Janeiro: Zahar, 2013, p. 490.

O JARDINEIRO CEGO

=☆

Minha solidão se alegra com essa elegante esperança. BORGES, J. L. **Ficções.** In: A Biblioteca de Babel. São Paulo: Companhia das Letras, 2005, p. 61.

Escada espiral que se abisma e se eleva rumo ao infinito. BORGES, J. L. **Ficções.** In: A Biblioteca de Babel. São Paulo: Companhia das Letras, 2005, p. 54.

O mundo não é mais que uma palavra. SHAKESPEARE. **Timão de Atenas.** São Paulo: Peixoto Neto, 2017, p. 61.

Os deuses tecem adversidades para os homens para que as gerações futuras tenham algo para cantar. A poesia épica enche meus olhos de lágrimas. MANGUEL, A. **Com Borges.** Belo Horizonte: 2ª ed. Belo Horizonte: Editora Âyiné, 2020, p. 24.

PEQUENOS NAVEGADORES

=☆

Aquele que luta com monstros deve acautelar-se para não tornar-se também um monstro. Quando se olha muito tempo para um abismo, o abismo olha para você. NIETZSCHE, F. **Além do bem e do mal.** Hemus Editora, 2001, p. 89.

A LENDA DO MAR MORTO

=☆

Apenas apanhei, na beira mar, um táxi pra estação lunar. Trecho da música **Taxi Lunar**, de Zé Ramalho, 1974.

O LADO FANTÁSTICO DA LUA

=☆

Acredito que esta nação deve comprometer-se a atingir o objetivo de colocar um homem na lua e devolvê-lo em segurança à Terra antes do fim da década. Nenhum projeto espacial neste período será mais impressionante para a humanidade, ou mais importante para a exploração de longo alcance do espaço. Nós zarpamos neste novo mar porque há conhecimento a ser adquirido e novos direitos a serem vencidos, e eles precisam ser vencidos e usados pelo progresso de todos os povos. O espaço pode ser explorado e dominado sem alimentar os fogos da guerra, sem repetir os erros que o homem fez ao estender seu mandato em torno deste nosso globo. Nós escolhemos ir para a lua! Nós escolhemos ir para a lua... Nós escolhemos ir para a lua! Trecho do **discurso do Presidente John F. Kennedy** em Houston - Texas, no dia 12 de setembro de 1962.

O jardim de Deus precisava de uma pequena flor/ Ela cresceu por um tempo aqui embaixo/ Mas com ternura Ele a recolheu aos céus/ Um lugar melhor para crescer sem dor. BARBREE, J. **Neil Armstrong:** a biografia essencial do primeiro homem a pisar na lua. 1ª ed. Alaúde Editorial, 2018, p. 59.

Parece um lugar vasto, solitário e ameaçador, uma extensão de NADA. BARBREE, J. **Neil Armstrong**: a biografia essencial do primeiro homem a pisar na lua. 1ª ed. Alaúde Editorial, 2018, p. 175.

Surdamente no reino das palavras. ANDRADE, Carlos Drummond de. **Antologia poética**. In: Procura da poesia. 1ª ed. Rio de Janeiro: Editora Record, 2022, p. 220.

grupo novo século

Compartilhando propósitos e conectando pessoas
Visite nosso site e fique por dentro dos nossos lançamentos:
www.gruponovoseculo.com.br

ns

facebook/novoseculoeditora
@novoseculoeditora
@NovoSeculo
novo século editora

Edição: 1ª
Fonte: Vollkorn

gruponovoseculo.com.br